INTERVISTA

arthur

et les minimoys

LUC BESSON

arthur
et les minimoys

D'APRÈS UNE IDÉE ORIGINALE DE
CÉLINE GARCIA

INTERVISTA

CHAPITRE I

La campagne était comme à son habitude, ondulante et verdoyante, rasée de près par un soleil tranchant. Un ciel d'azur veillant sur elle, des petits nuages en coton prêts à jouer les sauveurs.

La campagne était belle, comme tous les matins de ces longues vacances d'été dont même les oiseaux semblaient profiter paresseusement.
Rien dans cette belle matinée ne pouvait laisser présager la terrible aventure qui allait débuter.

Au milieu de cette vallée, il y a ce bout de jardin en bord de rivière et surtout, cette maison au style étrange. Vaguement coloniale, sûrement briarde, elle est tout en bois, avec un long balcon. Sur le côté, un grand garage servant plutôt d'atelier, sur lequel vient s'adosser une grosse citerne en bois.

Un peu plus loin, une vieille éolienne surveille le jardin, comme un phare surveille ses bateaux. Elle semble tourner pour nous faire plaisir. Il faut dire que dans ce petit coin de paradis, même le vent souffle gentiment.
Pourtant, aujourd'hui, c'est un souffle de terreur qui va envahir cette paisible maison.

La porte d'entrée explose littéralement et une grosse dame vient prendre possession du perron.

« Arthur ?!!! », hurle-t-elle, à en perdre une dent.

La Mamie a la soixantaine. Elle est plutôt ronde, même si sa belle robe noire, bordée de dentelle, a pour mission de dissimuler ses rondeurs.

Elle finit de mettre ses gants, ajuste son chapeau et tire violemment la cloche.

« Arthur ?! », hurle-t-elle encore une fois, mais elle n'obtient toujours pas de réponse.

« Où est-il encore passé ? Et le chien ? Disparu lui aussi ?... Alfred ?! »

La Mamie gronde comme un orage lointain. Elle n'aime pas être en retard.

Elle fait demi-tour et entre à nouveau dans la maison.

L'intérieur est décoré sobrement mais avec goût. Le parquet est bien ciré et la dentelle a envahi tous les meubles, comme le lierre envahit les murs.

Mamie pose ses pieds sur les patins et traverse le salon en grommelant :

« C'est un excellent chien de garde, vous verrez ! Comment ai-je pu me faire avoir aussi bêtement ?! »

Elle arrive à l'escalier qui monte aux chambres.

« Je me demande bien ce qu'il garde, ce chien-là ! Il n'est jamais à la maison ! Comme Arthur ! Des vrais courants d'air ces deux-là ! », bougonne-t-elle tout en ouvrant la porte d'une chambre. Visiblement, c'est celle d'Arthur.

Elle est plutôt bien rangée pour une chambre d'enfant, mais la tâche semble aisée vu qu'il n'y a presque pas de jouets, sauf quelques-uns en bois datant d'une autre époque.

« Pensez-vous qu'ils s'inquiètent de voir leur pauvre grand-mère leur courir après toute la journée ?! Rien du tout ! », se plaint-elle, tout en avançant jusqu'au bout du couloir.

« Je ne demande pourtant pas grand-chose ! Juste qu'il s'arrête cinq minutes par jour ! Comme tous les enfants de son âge ! », dit-elle en levant les yeux au ciel, mais elle s'arrête d'un seul coup. Une idée a germé. Elle écoute la maison, étrangement silencieuse.

La Mamie se met à parler à voix basse.

« Cinq minutes de calme... Où il pourrait jouer calmement... dans un coin... sans faire de bruit... », murmure-t-elle en glissant vers le fond du couloir.

Elle s'approche de la dernière porte où l'on peut lire, gravé sur une planche de bois : « Entrée interdite ».

Elle ouvre doucement la porte pour surprendre d'éventuels intrus.

Malheureusement, la porte la trahit d'un grincement faible mais sournois.

Mamie grimace, du coup on dirait que le grincement lui sort de la bouche.

Elle passe la tête dans la pièce interdite.

Il s'agit d'un grenier aménagé en vaste bureau, un mélange de joyeuse brocante et d'atelier d'un professeur un peu fou.

De part et d'autre du bureau, une large bibliothèque regorgeant de vieux livres reliés en cuir. Au-dessus, une bannière en soie décore la soupente et nous livre une énigme : « Les mots en cachent souvent d'autres », peut-on y lire.

Notre savant est donc aussi philosophe.

La Mamie avance doucement au milieu de ce bric à brac, à tendance franchement africaine. Des lances un peu partout semblent avoir poussé du sol comme des bambous. Une superbe collection de masques africains est accrochée au mur. Ils sont magnifiques, sauf... celui qui manque. Un clou est tout seul au milieu du mur.

La Mamie tient là son premier indice. Elle n'a plus qu'à suivre les ronflements qui sont de plus en plus perceptibles.

Mamie avance encore un peu et découvre Arthur, allongé à même le sol, le masque africain sur le visage, ce qui amplifie ses ronflements.

Evidemment, Alfred est allongé à ses côtés et sa queue bat la mesure sur le masque en bois.

La Mamie ne peut s'empêcher de sourire devant cet émouvant tableau.

« Tu pourrais quand même répondre quand je vous appelle ! Ça fait une heure que je vous cherche ! », murmure-t-elle au chien, pour ne pas réveiller Arthur trop brutalement. Alfred fait son mignon.

« Oh, prends pas ton petit air malheureux comme ça ! Tu sais très bien que je ne veux pas que vous veniez dans la chambre de grand-père et que vous touchiez à ses affaires ! », dit-elle avec fermeté, avant d'enlever doucement le masque du visage d'Arthur.

Sa petite tête d'ange polisson apparaît dans la lumière. La Mamie fond comme neige au soleil. C'est vrai que lorsqu'il dort, on en mangerait de ce petit lapin aux taches de rousseur et aux cheveux en bataille. Et puis c'est tellement bon de voir l'innocence qui se repose, de voir un petit bonhomme désarticulé par l'insouciance.

La Mamie soupire de bonheur devant ce petit ange qui remplit sa vie.

Alfred couine un peu, sûrement par jalousie.

« Oh toi, ça va ! Je serais à ta place, je me ferais oublier cinq minutes », lui lance-t-elle. Alfred semble comprendre l'avertissement.

La Mamie pose gentiment la main sur le visage de l'enfant.
« Arthur ?! », murmure-t-elle gentiment, mais les ronflements s'accentuent.
Elle sort sa grosse voix.
« Arthur ?! », tonne-t-elle dans la pièce qui s'en fait l'écho.
Le gamin se redresse en sursaut, en désordre, en pleine bataille.
« Au secours ! Une attaque ! À moi mes hommes ! Alfred ?! Formez le cercle ! », balbutie-t-il à moitié endormi. La Mamie l'attrape énergiquement.
« Arthur, calme-toi ! C'est moi ! C'est Mamie ! », lui répète-t-elle à plusieurs reprises. Arthur reprend ses esprits et semble réaliser où il se trouve et surtout face à qui.
- Excuse-moi Mamie... J'étais en Afrique.
- Je vois ça !, répond-elle en souriant... Et tu as fait bon voyage ?
- Formidable ! J'étais avec Grand-père, dans une tribu africaine. Des amis à lui, lance-t-il en aparté.
La Mamie acquiesce et se prête au jeu.
- On était entourés par des dizaines de lions féroces, sortis de nulle part !
- Oh mon Dieu ! Et qu'as-tu fait pour te sortir d'une pareille situation ?, s'inquiète (faussement) la Mamie.
- Moi, rien, répond-il modestement. C'est Grand-père qui a tout fait ! Il a déployé la grande toile et on l'a tendue, au beau milieu du bush !
- Une toile ? Quelle toile ?, interroge la Mamie.

Arthur est déjà debout et monte sur une caisse pour atteindre le rayon qui l'intéresse dans la bibliothèque.
Il attrape un livre et l'ouvre rapidement à la bonne page.
- Là. Tu vois ? Il a peint toute une toile qu'il a mise en rond. Comme ça, les animaux féroces tournent et sont incapables

de nous trouver. On est comme... invisible », lance-t-il avec satisfaction.

- Invisible mais pas inodore !, lui rétorque la Mamie.

Arthur joue celui qui n'a pas compris.

- As-tu pris ta douche ce matin ?, ajoute-t-elle.

- J'y allais avec plaisir quand je suis tombé sur ce livre ! Et il est tellement passionnant que j'ai un peu oublié le reste, avoue-t-il, en feuilletant les pages. Regarde tous ces dessins ! C'est tous les travaux que Grand-père a faits pour les tribus les plus isolées !

La Mamie regarde d'un œil les dessins qu'elle connaît par cœur.

- Ce que je vois surtout, c'est qu'il était plus passionné par les tribus africaines que par la sienne, lance-t-elle avec humour.

Arthur s'est de nouveau plongé dans les dessins.

- Regarde celui-là. Il avait creusé un puits super-profond et inventé tout un système avec des bambous pour transporter l'eau, à plus d'un kilomètre !

- C'est ingénieux, mais les Romains avaient inventé le système bien avant lui. Ça s'appelait des oléoducs, lui rappelle la Mamie.

Voilà une page d'histoire qui semble avoir totalement échappé à Arthur.

- Les Romains ? Jamais entendu parler de cette tribu-là ?!, dit-il naïvement.

La Mamie ne peut s'empêcher de sourire et d'en profiter pour passer la main dans ses cheveux ébouriffés.

- C'est une très vieille tribu, qui vivait en Italie il y a bien longtemps, lui explique la grand-mère. Leur chef s'appelait César.

- Comme la salade ?, lui demande Arthur avec intérêt.

- Oui, comme la salade, lui répond la Mamie, en souriant davantage. Allez, range-moi tout ça, on doit aller en ville faire quelques courses.
- Ça veut dire pas de douche pour aujourd'hui ?, se réjouit Arthur.
- Non, ça veut dire pas de douche pour l'instant ! Tu la prendras en rentrant ! Allez dépêche-toi !, lui ordonne la grand-mère.

Arthur range méthodiquement les livres qu'il a dérangés tandis que la Mamie remet à sa place le masque africain. C'est vrai qu'ils ont fière allure, tous ces masques de guerriers offerts à son mari en signe d'amitié. La grand-mère les regarde un instant, se remémorant probablement quelques-unes des aventures qu'elle a partagées avec son mari, maintenant disparu.
La nostalgie l'envahit quelques secondes et elle lâche un profond soupir, long comme un souvenir.
« Mamie ? Pourquoi il est parti Grand-père ? »
La phrase résonne dans le silence, et cueille la grand-mère en pleine nostalgie.
Elle regarde Arthur qui est face au portrait du grand-père, casque et tenue coloniale de rigueur.
La grand-mère cherche un peu ses mots. Ça lui fait toujours ça quand l'émotion est trop proche. Elle va vers la fenêtre ouverte et respire un grand coup.
« ... J'aimerais bien le savoir... », lâche-t-elle avant de refermer la fenêtre. Elle reste là encore un instant, à observer le jardin à travers les vitres.
Un vieux nain de jardin lui sourit, fièrement planté au pied d'un chêne imposant qui règne sur les lieux.
Combien de souvenirs ce vieux chêne a-t-il emmagasinés dans sa vie ?

Il pourrait probablement raconter cette histoire mieux que personne, mais c'est la grand-mère qui témoigne :

« Il passait beaucoup de temps dans son jardin, près de son arbre qu'il aimait tant. Il disait qu'il avait trois cents ans de plus que lui. Ce vieux chêne avait donc forcément des tas de choses à lui apprendre. »

Sans faire de bruit, Arthur a mis un bout de fesse sur le fauteuil et se délecte de l'histoire qui commence.

« Je le vois encore à la nuit tombée, avec sa longue-vue, observant les étoiles toute la nuit durant, raconte la grand-mère, la voix adoucie. La pleine lune brillait sur la campagne. C'était...magnifique. Je pouvais le regarder pendant des heures quand il était comme ça, passionné, virevoltant comme un papillon excité par la lumière. »

La Mamie sourit, revoyant la scène gravée dans sa mémoire. Puis doucement sa bonne humeur s'estompe et son visage se durcit.

« ... Et puis au petit matin, la lunette était là... Et lui avait disparu. Cela fera bientôt quatre ans. »

Arthur reste un peu ahuri.

- Il a disparu comme ça, sans mot, sans rien ?

La Mamie hoche doucement la tête.

- Cela devait être vraiment important pour qu'il parte comme ça, sans même nous prévenir, lâche-t-elle avec une pointe d'humour.

Elle tape dans ses mains comme on claque une bulle de savon pour rompre l'enchantement.

- Allez ! On va finir par être en retard ! File mettre un gilet !

Arthur part en courant joyeusement vers sa chambre. Seuls les enfants ont ce pouvoir de passer aussi facilement d'une émotion à l'autre, comme si les choses les plus lourdes n'avaient pas réellement de poids, avant l'âge de dix ans.

La Mamie sourit à cette pensée, elle pour qui c'est parfois si difficile d'oublier le poids des choses, ne serait-ce que quelques minutes.

La Mamie a réajusté son chapeau, une nouvelle fois.
Elle traverse le jardin de devant et se dirige vers sa Chevrolet pick-up, plus fidèle qu'une vieille mule.
Arthur enfile son gilet tout en courant et fait automatiquement le tour de la voiture, comme un bon passager.
Un tour dans cet astronef, digne des pionniers de l'espace, est toujours une aventure pour lui.
La Mamie tripote deux ou trois boutons et tourne la clef, plus dure qu'une poignée de porte.
Le moteur toussote, crachote, puis s'emballe, se bloque, s'engorge, se purge, s'énerve et finit par démarrer.
Arthur adore le doux ronronnement du vieux diesel, qui ressemble à s'y méprendre au bruit d'une machine à laver mal calée.
Alfred le chien est bien loin de toutes ces considérations et, par conséquent, loin de la voiture. Tout ce bruit pour si peu de résultats le laisse perplexe.
La Mamie s'adresse à lui :
« Serait-il possible, sans te contrarier bien sûr, de m'accorder exceptionnellement une faveur ? »
Le chien lève une oreille. Les faveurs sont souvent associées aux récompenses.
« Garder cette maison ! », lui lance-t-elle impérieusement.
Le chien aboie, sans vraiment savoir à quoi il vient de donner son approbation.
« Merci. C'est très aimable à toi », lui répond poliment la grand-mère.
Elle lâche le frein à main, pareil à un manche de passage à niveau et engage la Chevrolet vers la sortie.

Un nuage de poussière fait maintenant remarquer le petit vent léger qui berce en permanence cette charmante campagne. Et la voiture s'éloigne sur la colline verdoyante, empruntant cette minuscule route qui serpente vers la civilisation.

La ville n'est pas bien grande mais très agréable.
La grande rue centrale abrite la quasi-totalité des boutiques et marchands.
De la mercerie au cordonnier, on ne trouve que de l'utile.
Il n'y a pas vraiment de place pour la futilité quand on vit aussi loin de tout.
La civilisation n'a pas encore frappé trop violemment cette aimable bourgade qui semble s'être développée naturellement, au fil du temps.
Et même si les premiers réverbères ont fait leur apparition dans l'avenue principale, ils éclairent davantage les attelages à chevaux et les bicyclettes que les automobiles.
Autant dire que le pick-up de Mamie fait l'effet d'une Rolls.
Elle vient se garer face au magasin qui, sans conteste, est le plus important de la ville. Une enseigne imposante affiche fièrement le nom du propriétaire et sa fonction :
« DAVIDO CORPORATION. Alimentation générale. »
Autant dire qu'il couvre large.
Arthur aime bien aller au supermarché, seule boutique qui fait office de station spatiale dans cette région quasi-médiévale. Et puis comme il roule en Spoutnik, il y a une logique dans tout ça, même si cette logique n'appartient qu'aux enfants.
La Mamie s'apprête un peu avant d'entrer dans l'édifice, avant surtout de croiser Martin, l'officier de police.
Martin a la quarantaine, plutôt joviale, les cheveux déjà grisonnants.
Un regard de cocker mais un sourire qui sauve tout.

La police n'est pas son fort, mais l'usine était trop loin de chez lui.

Martin se précipite et ouvre la porte à la grand-mère.
« Merci Officier », lui lance gentiment la Mamie, nullement insensible à la courtoisie masculine.
- De rien Madame Suchot. C'est toujours un plaisir de vous voir en ville, lui lâche-t-il, un peu charmeur.
- C'est toujours un plaisir de vous y croiser, Officier, lui répond-elle, trop heureuse de jouer un peu.
- Le plaisir est toujours pour moi Madame Suchot. Et les plaisirs sont bien rares par ici, croyez-moi.
- Je vous crois, Officier, admet-elle.
Martin tord son chapeau entre ses mains, comme si cela pouvait l'aider à trouver un début de conversation.
- ... Besoin de rien là-haut ? Tout est en ordre ?
- Les tâches ne manquent pas mais ça chasse l'ennui, c'est toujours ça. Et puis j'ai mon petit Arthur. Ça fait du bien d'avoir un homme à la maison, lâche-t-elle en frottant Arthur sur sa tignasse de fauve.
Il a horreur de ça, Arthur, qu'on lui fasse « pouêt-pouêt » sur la tête. Ça lui donne l'impression d'être une baballe qui couine, un clown à grelots.
Il se dégage d'un geste sans équivoque. Il n'en fallait pas plus pour mettre Martin mal à l'aise.
- Et... le chien que vous a vendu mon frère ? Il fait du bon travail ?
- Mieux que ça ! Un vrai fauve ! Limite indomptable !, lui confie la grand-mère. Heureusement que mon petit Arthur, qui connaît parfaitement l'Afrique, a su le maîtriser grâce à des techniques de domptage que lui ont enseignées des tribus reculées, au cœur de la jungle, raconte-t-elle.
L'animal est maintenant bien dompté, même si l'on sait que

la bête dort encore en lui. Il dort beaucoup, d'ailleurs, ajoute-t-elle avec humour.

Martin est un peu perdu, ne sachant où s'est arrêtée la réalité et quand a démarré la plaisanterie.

- Bien, bien…Vous m'en voyez ravi Madame Suchot, bafouille-t-il, avant de lâcher à regret :

- Bon, ben… À bientôt Madame Suchot.

- À bientôt Officier, lui répond aimablement la grand-mère.

Martin les regarde passer et lâche doucement la porte, comme on lâche un soupir.

Arthur tire de toutes ses forces pour séparer deux chariots métalliques, visiblement fous d'amour.

Il rejoint sa grand-mère qui s'est déjà engagée dans l'une des quatre allées, son pense-bête pour les courses à la main.

Arthur fait glisser ses pieds, meilleur moyen de ralentir son chariot.

Il se colle à sa grand-mère, pour ne pas être entendu.

« Dis donc, Mamie, il te draguait pas un peu l'officier ? », lui balance Arthur sans retenue.

La Mamie panique un peu, mais personne ne semble avoir entendu. Elle se racle un peu la voix mais cherche davantage ses mots.

- Mais, euh… Arthur ! D'où sors-tu ce vocabulaire ?, s'étonne-t-elle.

- Ben, c'est vrai, quoi ! Dès qu'il te voit il marche comme un canard et on dirait qu'il va manger son chapeau. Et Madame Suchot par-ci, et Madame Suchot par-là !

- Arthur ! Arrête, lui lance sèchement la Mamie. Un peu de tenue. On ne parle pas des gens en les comparant à des canards !, s'offusque-t-elle.

Arthur lève vaguement les épaules, pas convaincu de son impolitesse puisqu'il ne fait que relever une vérité. Toujours cette même vérité, celle que les enfants se fabriquent et qui balaye souvent les nôtres.

La Mamie reprend un peu son calme et tente une explication, histoire de confronter les vérités.

« Il est gentil avec moi, comme le sont tous les gens du village, explique-t-elle avec sérieux. Ton grand-père était très aimé ici, car il aidait un peu tout le monde avec ses inventions, comme il le faisait jadis en Afrique dans d'autres villages. Et quand il a disparu, les gens m'ont beaucoup soutenue. »

La conversation devient sérieuse. Arthur l'a senti et s'est arrêté de gesticuler.

« Et crois-moi, sans leur gentillesse et leur dévotion, je n'aurais probablement jamais pu supporter autant de peine », avoue-t-elle humblement.

Arthur garde le silence. On ne sait pas toujours quoi dire quand on a dix ans.

La Mamie lui caresse la tête avec affection et lui confie la liste des courses.

« Tiens ! Je te laisse le faire. Je sais que ça t'amuse. J'ai quelque chose à aller chercher chez Madame Rosenberg. Si tu as fini avant moi, tu m'attends à la caisse ? »

Arthur acquiesce de la tête, déjà ravi à l'idée d'arpenter les rayons à bord de son vaisseau en fer.

- Je peux m'acheter des pailles ?, lance-t-il, mine de rien.

La Mamie lui offre un grand sourire.

- Oui, mon chéri. Autant que tu veux !

Il n'en fallait pas plus pour lui faire passer la plus mémorable des matinées.

La grand-mère traverse la grande rue en prenant garde de bien regarder à gauche et à droite, même si cela ne semble pas vraiment indispensable, vue la pauvreté du trafic. Peut-être un vieux réflexe d'une autre époque où elle et son mari sillonnaient les grandes capitales d'Europe et d'Afrique.

Elle pénètre dans la petite quincaillerie des Rosenberg, dont la cloche d'entrée est une histoire à elle toute seule.
Madame Rosenberg apparaît, comme un diable sort de sa boîte.
Il faut dire que cela fait plus d'une heure qu'elle est collée à sa vitre, épiant la rue en attendant l'arrivée de son amie.
« Il ne vous a pas suivie ? », lui lance-t-elle aussitôt, trop excitée pour dire bonjour. La Mamie vérifie d'un coup d'œil rapide.
- Non je ne crois pas, je crois qu'il ne se doute de rien.
- Parfait ! Parfait !, piaffe la commerçante en s'enfonçant vers l'intérieur du magasin.
Elle se penche derrière l'imposant comptoir en bois du Liban et en sort un colis, enrobé dans un sac en papier. Elle le pose délicatement sur le vieux bois.
- Voilà, tout y est, lâche la quincaillière, avec un sourire émoustillé qui donne l'impression qu'elle a cinq ans.
- Merci, vous êtes formidable. Vous ne savez pas à quel point ça me sauve la vie. Combien je vous dois ?
- Pensez-vous ! Rien du tout ! Je me suis amusée comme une petite folle !
La grand-mère est cueillie et seule sa bonne éducation la pousse à insister :
- Madame Rosenberg, c'est adorable mais je ne peux pas accepter.
La quincaillière l'a déjà retournée en lui collant son colis dans les bras.
- Allez n'insistez pas et dépêchez-vous avant qu'il ne se rende compte de quelque chose !
C'est tout juste si elle ne la jette pas dehors.

La Mamie parvient quand même à s'arrêter sur le pas de la porte.

- Je suis confuse et... Je ne sais même pas comment vous remercier, avoue-t-elle un peu tristement.

La quincaillière la secoue amicalement en lui tenant les épaules.

- Vous m'avez fait participer. Rien ne pouvait me faire plus plaisir.

Les deux vieilles femmes échangent un sourire complice. Il faut avoir vécu plus de soixante ans pour pouvoir partager ce genre de sourire sans pleurer immédiatement.

- Allez ouste !, lui lance la quincaillière. Et je compte sur vous pour venir tout me raconter demain, dans les moindres détails !

La grand-mère accepte d'un petit sourire.

- Je n'y manquerai pas. À demain.

- À demain, lâche la commerçante, avant de reprendre son poste d'observation au coin de la vitre.

Au loin, la grand-mère a ouvert la Chevrolet et a glissé le mystérieux paquet sous une vieille couverture.

« Oh que c'est excitant ! », murmure la quincaillière en tapant dans ses mains.

Quand la Mamie rejoint Arthur à la caisse, il est déjà en train de vider le chariot sur le petit tapis roulant. Quoi de plus amusant, en effet, que de jouer au petit train, alternant pâtes et dentifrice, sucre et shampoing aux pommes.

La grand-mère jette un coup d'œil à la caissière qui semble être dans le coup.

La jeune femme en blouse la rassure d'une petite mimique. Un paquet de pailles passe, l'air de rien.

« Tu as tout trouvé ? », lui demande la Mamie.

- Oui, oui, lui répond Arthur, absorbé par les aiguillages.

Un deuxième paquet de pailles passe sous le nez de la grand-mère.

- J'avais peur que tu ne puisses pas lire mon écriture.

- Non. Pas de problème. Et toi, tu as trouvé ce que tu cherchais ?

Panique chez la grand-mère. Mentir à un enfant est parfois la chose la plus difficile au monde.

- Euh... Oui... Non. En fait... C'est pas prêt. La semaine prochaine peut-être, balbutie-t-elle en remplissant nerveusement les premiers sacs de paquets de paille.

Troublée par son mensonge, il lui aura fallu attendre le sixième paquet de cent pailles pour qu'elle daigne enfin réagir :

- Arthur ? Mais... qu'est-ce que tu vas faire avec toutes ces pailles ?

- Tu m'as dis autant que je voulais, non ?

- Oui, enfin... C'était une façon de parler, bredouille-t-elle.

- C'est le dernier !, lance-t-il afin de couper court à la conversation et de donner une chance à son hold-up de passer. La grand-mère cherche ses mots. La caissière prend l'air désolé, n'ayant reçu aucune consigne particulière en matière de pailles.

La vieille Chevrolet, encore plus fatiguée qu'à l'aller, vient se garer à proximité de la fenêtre de la cuisine. Ce sera plus facile pour effectuer le transbordement des vivres.

Arthur commence à accumuler les paquets sur le rebord de la fenêtre.

Aider sa grand-mère est un geste naturel chez notre jeune héros, mais il semble aujourd'hui pressé d'en finir. Le devoir l'appelle ailleurs.

La Mamie a capté le message.

« Laisse, mon chéri. Je vais le faire. Va jouer pendant qu'il fait encore jour. »

Arthur n'aura pas la politesse d'insister. Il saisit son sac plein de pailles et part en courant et en aboyant. Non, là c'est Alfred qui court derrière pour partager sa joie.

Cet empressement n'est pas pour déplaire à la grand-mère, qui va pouvoir maintenant sortir son paquet mystérieux et le cacher tranquillement à l'intérieur de la maison.

Arthur allume le long néon qui crépite un peu avant d'éclairer l'ensemble du garage.

Comme un rituel, l'enfant saisit une fléchette près de la porte et l'envoie à l'autre bout de la pièce. La flèche se plante en plein dans le mille de la cible.

« Yes ! », hurle-t-il en faisant mouliner ses bras en signe de victoire.

Puis il se dirige vers l'établi, largement occupé par un ouvrage.

Il s'agit de plusieurs bambous soigneusement découpés dans le sens de la longueur et dont chaque partie a été percée de multitudes de petits trous.

Arthur déchire son sac de pailles avec enthousiasme, puis dépiaute un à un les paquets de pailles. Il y en a de toutes sortes, de toutes les tailles et de toutes les couleurs.

Arthur hésite pour choisir la première, tel un chirurgien qui choisirait son scalpel.

Il en prend finalement une et tente de l'emboîter dans le premier petit trou fait dans l'un des bambous. Le trou est légèrement trop petit. Qu'à cela ne tienne, Arthur sort immédiatement son petit couteau suisse et rabote l'intérieur du trou. La deuxième tentative est un franc succès et la paille s'emboîte à la perfection.

Arthur se retourne vers son chien, seul témoin privilégié de cet instant mémorable :

« Alfred, tu vas assister au plus grand réseau d'irrigation de toute la région, s'enorgueillit-il. Plus grand que celui de César, plus perfectionné que celui de Papy, voici... le réseau Arthur ! »

Alfred en bâille d'émotion.

Arthur-le-bâtisseur traverse le jardin, son immense bambou percé d'une dizaine de pailles à l'épaule.

La grand-mère, toujours occupée à ranger les courses, le voit passer à travers les fenêtres de la cuisine.

Elle cherche un instant un commentaire à faire, ne comprenant pas ce qu'elle vient de voir passer, mais elle se contente finalement de hausser les épaules.

Arthur dépose délicatement son bambou sur des petits trépieds bricolés à cet effet. Le tout au-dessus d'une tranchée soigneusement aménagée.

Au fond de la tranchée, par espaces réguliers, des petites pousses d'un vert tendre qu'on appelle communément des radis.

Arthur fonce jusqu'au garage, récupère le tuyau d'arrosage et le déroule.

Ça tombe bien, il ne demandait que ça.

Arthur, sous l'œil inquiet d'Alfred, pire que celui d'un contremaître, raccorde le tuyau d'arrosage au bout du premier bambou à coups de pâte à modeler de toutes les couleurs, évidemment.

Il tourne ensuite son bambou jusqu'à ce que les pailles viennent se placer au-dessus de chaque pousse.

« C'est le moment le plus délicat, Alfred, le réglage doit se faire au millimètre si l'on ne veut pas risquer l'inondation ou la destruction totale de la récolte », dit-il d'une voix retenue, comme s'il manipulait des explosifs.

Alfred s'en fout des radis et il revient avec sa bonne vieille balle de tennis qu'il lâche en plein sur une jeune pousse.

« Alfred ! C'est vraiment pas le moment !, hurle Arthur. Et puis d'abord, pas de civil sur le chantier ! », ajoute-t-il avant de prendre la balle et de l'envoyer le plus loin possible.

Alfred pense évidemment que le jeu vient de commencer et il part, ventre à terre, à la poursuite de sa proie imaginaire.

Arthur a fini son réglage et court jusqu'au robinet, vissé au mur du garage.

Le chien revient, la balle dans son museau, mais son maître a disparu.

Arthur pose la main sur le robinet et l'ouvre religieusement. « À la grâce de Dieu ! », lâche-t-il avant de partir en courant le long du tuyau, afin d'arriver avant le filet d'eau.

Dans sa course, il croise le chien qui vient à sa rencontre.

Alfred semble complètement perdu par cette nouvelle variante du jeu.

Arthur se jette à terre, puis suit à quatre pattes le filet d'eau qui se déverse dans le bambou, rebondit mollement sur les parois de bois et coule dans les pailles une par une.

Chaque jeune pousse de radis se trouve ainsi agréablement rafraîchie.

Alfred pose sa balle, très intrigué par cette machine qui fait pipi sur toutes les fleurs.

« Hourra ! », lance Arthur en attrapant la patte de son chien pour le congratuler.

- Bravo ! Toutes mes félicitations ! C'est un ouvrage remarquable qui restera dans l'histoire, croyez moi !, se félicite-t-il en donnant la parole à son chien.

La grand-mère apparaît sur le perron, un tablier autour de la taille.

« Arthur ? Téléphone ! », hurle-t-elle, comme à son habitude. Arthur lâche la patte de son chien.

« Excusez-moi. Probablement le Président de la Compagnie des eaux qui m'appelle pour me féliciter. Je suis à vous dans un instant. »

CHAPITRE 2

A rthur a pris tellement d'élan en arrivant dans le salon qu'il parvient, sur les patins, à traverser la pièce en une seule et même glissade.

Il attrape le téléphone et s'engloutit à moitié dans le profond canapé.

« J'ai fabriqué un système d'irrigation comme César ! Mais moi, c'est pas pour faire des salades ! C'est pour faire pousser les radis de Mamie ! Et comme ça, ils vont pousser deux fois plus vite ! », hurle-t-il au téléphone, sans avoir même pris le temps de savoir qui est son interlocuteur.

Mais il est quatre heures et comme tous les jours, c'est forcément sa mère.

- C'est bien mon chéri ! C'est qui ce César ?, lui demande sa mère, un peu débordée par tant d'énergie.

- C'est un collègue de Grand-père, lance-t-il avec assurance. J'espère que vous arriverez avant la nuit, comme ça vous pourrez tout voir. Vous êtes où, là ?

La mère est mal à l'aise.

- ... On est encore en ville, pour l'instant.

Arthur semble un peu déçu, mais aujourd'hui il lui en faut plus pour entamer son moral de vainqueur.

- Bon... C'est pas grave. Vous le verrez demain matin, se rassure-t-il.

Sa mère prend sa voix la plus douce. Ce n'est pas bon signe.

- ... Arthur... On ne va pas pouvoir venir tout de suite, chéri.

Le petit corps d'Arthur se dégonfle lentement, comme un fier ballon qui aurait pris un mauvais coup.

- Il y a beaucoup de problèmes, ici, à la ville. L'usine a fermé et... Papa doit trouver un autre travail, confesse la jeune femme avec dignité.
- Il pourrait venir ici, il y a beaucoup de travail dans le jardin, tu sais ?, réplique Arthur, innocemment.
- Je parle d'un vrai travail, Arthur, un travail qui puisse rapporter des sous pour qu'on puisse manger tous les trois.
Arthur réfléchit quelques secondes.
- Tu sais, avec le système de Grand-père, on peut faire pousser tout ce qu'on veut, pas que des radis ! Et on aurait suffisamment à manger pour nous quatre !
- Bien sûr Arthur, mais l'argent ne sert pas qu'à ça. Ça sert aussi pour payer le loyer et pour...
Arthur la coupe, poussé par l'enthousiasme.
- On pourrait très bien vivre tous ici ? Il y a plein de place et je suis sûr qu'Alfred serait content. Mamie aussi bien sûr !
La patience et la gentillesse de la mère sont un peu mises à l'épreuve.
- Ecoute Arthur ! Ne rends pas les choses plus compliquées. C'est déjà assez difficile comme ça. Papa a besoin de son travail, on va donc rester encore quelques jours ici afin de trouver quelque chose, conclut-elle à regret.
Arthur ne semble pas bien comprendre pourquoi sa mère réfute avec énergie ses solutions pleines de bon sens, mais les adultes ont souvent des raisons qui échappent à toute logique, c'est bien connu.
- ... OK..., lâche-t-il, résigné.

L'incident étant clos, Maman reprend sa voix douce et gentille.
- Mais ce n'est pas parce qu'on n'est pas là qu'on ne pense pas très fort à toi, surtout un jour comme aujourd'hui..., dit-elle, un soupçon de mystère dans la voix. Parce que... aujourd'hui, c'est... ton anni-ver-saire !, chantonne-t-elle.

- Bon anniversaire mon fils !, tonne d'un seul coup son père dans le téléphone.

Arthur n'a plus la joie. Il lâche un « merci », parfaitement atone. Son père joue les gais lurons.

- T'as cru qu'on t'avait oublié, hein ? Eh ben non ! Surprise ! C'est que dix ans ça s'oublie pas ! T'es un grand bonhomme maintenant. Mon grand bonhomme à moi !

Parodie du bonheur qui ne trompe personne, surtout pas Arthur.

La grand-mère surveille du coin de la cuisine, comme si elle savait que la conversation serait douloureuse pour son petit-fils.

- Il te plaît ton cadeau ?, lance le père.

- Mais il ne l'a pas encore reçu, imbécile !, s'insurge la mère, à voix basse.

Elle essaye de rattraper la bourde de son mari :

- J'ai vu avec Mamie, Arthur chéri. Demain tu iras en ville avec elle et tu choisiras le cadeau que tu veux, négocie gentiment la mère.

- Pas trop cher tout de même, lance le père, sans savoir lui-même si c'est une boutade.

- François !!, s'insurge la mère. Tu peux faire attention à ce que tu dis cinq minutes ?

- Je... je plaisantais ! Ça va !, balbutie le père, comme un mauvais acteur.

Arthur reste de marbre. Un robinet s'est définitivement fermé quelque part.

- Bon ! On va te laisser fiston, parce que le téléphone, c'est pas donné, ne peut s'empêcher de lâcher le père.

Le téléphone laisse gratuitement entendre la claque que le mari vient de prendre sur la tête.

- Enfin... À bientôt fiston et encore..., les parents se mettent en duo pour chanter la fin de la phrase : ... Un joyeux anni-ver-saire !

Arthur a raccroché doucement, presque sans émotion. Juste une pensée.

Il y a plus de vie au bout de son bambou qu'au bout de ce téléphone.

Il regarde son chien, assis face à lui, attendant des nouvelles.

« C'était pas le Président », lui confie Arthur.

Il éprouve soudainement un vrai moment de solitude. Un trou bien rond, bien noir, dans lequel il ne vaut mieux pas tomber.

Alfred propose une nouvelle fois sa balle, histoire de changer de conversation, mais une chansonnette vient les tirer de leur songe.

« Joyeux anniversaire », entonne la grand-mère d'une voix pleine et joyeuse.

Elle apparaît, un gros gâteau au chocolat dans les mains, avec dix fières bougies sur le dessus.

La Mamie avance doucement, au rythme des aboiements d'Alfred qui ne supporte pas qu'on chante sans lui.

Le visage d'Arthur s'est illuminé, avant même que les bougies ne le fassent pour de vrai. Elle pose le gâteau face à lui, ainsi que deux petits cadeaux.

La chanson se termine. La surprise est totale et fut bien gardée jusqu'au bout.

Arthur, submergé par l'émotion, se jette au cou de sa grand-mère.

« T'es la plus belle et la plus fabuleuse des grands-mères ! », lance-t-il sans retenue.

- Et toi le plus gentil des petit-fils. Allez souffle !

Arthur prend une grande respiration, puis se ravise.

- C'est trop beau, laissons-les briller encore un peu. Les cadeaux d'abord !

- ... Si tu veux, concède la Mamie, amusée. Ça, c'est de la part d'Alfred.

- C'est gentil de ta part d'y avoir pensé, Alfred !, dit Arthur tout étonné.

- As-tu jamais oublié le sien, d'anniversaire ?, lui rappelle la Mamie.

Arthur sourit devant cette vérité et déchiquète le petit paquet. C'est une balle de tennis toute neuve.

Arthur est ébahi.

- Ouaah !! J'en avais jamais vu une toute neuve ! Elle est belle !

Alfred aboie pour inciter au jeu. Arthur s'apprête à la lancer quand sa grand-mère lui retient le bras.

- Si tu pouvais attendre d'être dehors pour jouer à la balle, ça m'arrangerait !, lui confie-t-elle.

Arthur acquiesce, évidemment, et cache la balle dans son dos, entre deux coussins. Il ouvre le paquet suivant.

- Et celui-là, c'est de ma part, précise la grand-mère.

C'est une voiture de course miniature, avec une petite clé sur le côté qui permet de remonter le ressort servant de moteur.

Arthur est émerveillé. Alfred aussi.

- Elle est magnifique !, lâche Arthur, la bouche grande ouverte.

Il remonte aussitôt le ressort de la petite voiture et la pose à terre. Après avoir simulé un grondement de moteur, il lâche le bolide qui traverse le salon, poursuivi par Alfred.

Le bolide ricoche plusieurs fois et finit par semer le chien en passant sous une chaise.

Arthur est hilare.

- Je crois qu'il va préférer la voiture à la balle !

Le bolide finit sa course contre la porte d'entrée, Alfred a perdu sa trace.

Arthur regarde à nouveau son gâteau et ne se résigne toujours pas à souffler ses bougies.

- Mais comment tu as fait pour faire un gâteau pareil ? Je croyais que le four était cassé ?, interroge Arthur.

- J'ai un peu triché, avoue la grand-mère. C'est Madame Rosenberg, la quincaillière, qui m'a prêté son four, plus quelques ustensiles.
- Il est magnifique, lance Arthur qui ne parvient pas à le quitter des yeux. Il est juste un peu trop gros pour nous trois, ajoute-t-il.
La grand-mère sent le malaise refaire surface.
- Ne leur en veux pas, Arthur. Ils font de leur mieux. Et je suis sûre que lorsque ton père aura retrouvé du travail, tout ira bien.
- Les années précédentes, ils n'étaient pas là non plus pour mon anniversaire, et je ne crois pas qu'un nouveau travail y changera quelque chose, lance Arthur avec une lucidité d'adulte.
La grand-mère ne peut malheureusement rien dire ni ajouter. Arthur s'apprête à souffler.
- Fais un vœu d'abord, lui suggère sa Mamie.
Arthur ne réfléchit pas longtemps :
- Je souhaite qu'à mon prochain anniversaire... Papy soit là pour le partager.
La grand-mère a du mal à contenir une petite larme, qui coule déjà sur sa joue. Elle caresse la chevelure de son petit-fils.
- J'espère que ton vœu se réalisera, Arthur, confie-t-elle. Allez, souffle maintenant, si tu n'as pas envie de manger du gâteau à la cire !
Pendant qu'Arthur prend une grande inspiration, Alfred a enfin trouvé la petite voiture, coincée contre la porte d'entrée. Mais une ombre menaçante se profile à travers la vitre, telle-ment menaçante que le chien n'ose même pas récupérer le jouet.
L'ombre s'approche et ouvre la porte, provoquant un courant d'air qui souffle les bougies, au moment même où Arthur s'apprêtait à le faire.
Arthur en a pour ainsi dire le souffle coupé.

La silhouette s'avance à pas lents, mais bruyants, vers le salon.

La grand-mère n'a pas bougé, figée par l'inquiétude.

L'homme entre enfin dans la lumière. Il a cinquante ans, un corps imposant, un visage émacié peu accueillant, ni de loin, ni de près.

Il est, par contre, extrêmement bien habillé. Mais l'habit ne faisant pas le moine, nos deux protagonistes restent sur leur garde.

Monsieur Davido, histoire de détendre l'atmosphère, enlève poliment son chapeau et se fend d'un sourire qui semble lui faire mal au visage :

« J'arrive au bon moment, je vois ? », dit-il d'un ton équivoque.

La grand-mère l'a reconnu à sa voix. Le célèbre Davido, propriétaire du non moins célèbre « DAVIDO CORPORATION. Alimentation générale. »

- Non, monsieur Davido. Vous arrivez au pire des moments et je serais tentée de dire : comme d'habitude, lui lance la grand-mère en gardant sa féroce courtoisie. Savez-vous que la moindre des politesses, quand on rend visite aux gens sans les prévenir, c'est au moins de sonner à la porte ?, ajoute-t-elle.

- J'ai sonné, se défend Davido, et je peux le prouver.

Il exhibe fièrement un morceau de chaîne.

- Un jour, la cloche va tomber sur la tête de quelqu'un, prévient-il. La prochaine fois, je klaxonnerai, ça sera plus prudent !

- Je ne vois, a priori, aucune raison pour qu'il y ait une prochaine fois, balance la grand-mère. Quant à aujourd'hui, votre visite est importune. Nous sommes en pleine réunion de famille.

Davido aperçoit le gâteau définitivement éteint.

- Oh, en voilà un beau gâteau !, chantonne le balourd. Bon anniversaire mon petit ! Ça te fait quel âge ? Il compte rapidement les bougies : huit, neuf, dix ! Comme ça passe vite !, s'émerveille-t-il faussement. Je le revois encore petit comme ça, courir dans les pattes de son grand-père. Il y a combien de temps déjà ?, dit-il avec le désir évident de remuer le couteau dans la plaie.

- Bientôt quatre ans, répond dignement la grand-mère.

- Quatre ans déjà ? Ça me paraît hier !, ajoute-t-il avec un sadisme à peine dissimulé. Il fouille ses poches.

- Si j'avais su, je serais venu avec quelque chose pour le petit, mais en attendant... Il sort un bonbon de sa poche et le tend à Arthur : Tiens, petit. Bon anniversaire, se sent-il obligé d'ajouter.

La Mamie jette un coup d'œil à son petit-fils. Pas d'esclandre. Le message est passé. Arthur saisit le bonbon, comme on observe une perle.

- Oh, comme c'est gentil, fallait pas. En plus, je l'ai pas celui-là !, lui dit-il avec un humour des plus méprisants.

Davido se contient, même si l'envie de corriger cet impertinent le démange.

- J'ai quelque chose aussi pour vous, madame, lance-t-il comme une vengeance.

La grand-mère le coupe dans son élan.

- Ecoutez, monsieur Davido, c'est gentil de votre part mais je n'ai besoin de rien, sauf peut-être de passer cette soirée en tête-à-tête avec mon petit-fils. Alors quel que soit le but de votre visite, je vous prierais de quitter sur le champ cette maison dans laquelle vous n'êtes pas le bienvenu.

Malgré son extrême politesse, la Mamie n'a laissé aucun doute quant au contenu de son message.

Davido s'en moque. Il a trouvé ce qu'il cherchait dans ses poches.

- Ah ! Le voilà !, dit-il en exhibant une feuille pliée en quatre. Comme le facteur ne passe qu'une fois par semaine chez vous, j'ai fait un petit détour pour vous éviter trop d'attente.

Il y a des nouvelles qu'il vaut mieux avoir au plus vite, explique-t-il avec une fausse bienveillance.

Il tend la feuille à la Mamie qui la saisit et chausse ses petites lunettes.

- C'est le formulaire d'expiration de votre acte de propriété, pour impayés, avance-t-il. Cela vient directement du bureau du gouverneur.

La Mamie commence à lire, le regard déjà contrarié.

- Il a tenu à s'en occuper personnellement, précise Davido, il est vrai que cette affaire n'a que trop traîné.

Arthur n'a pas besoin de lire pour fusiller l'affreux bonhomme du regard.

Davido lui sourit avec un regard de serpent.

- Le papier résilie définitivement votre acte de propriété en date du 28 juillet et valide par la même occasion mon acte de propriété. Ce qui explique, en partie, ma tendance naturelle à me sentir chez vous... Un peu comme chez moi !

Davido est trop fier de son coup. Tellement facile qu'il en aurait presque des remords.

- Mais rassurez-vous, précise-t-il, je ne vous chasserai pas, comme vous le faites aujourd'hui avec moi. Je vais vous laisser le temps de vous retourner.

La grand-mère s'attend au pire.

- Je vous donne quarante-huit heures, lance froidement Davido. En attendant, faites chez moi... comme chez vous, ajoute-t-il avec malice.

Si Arthur pouvait tuer du regard, Davido ne serait plus qu'une passoire.

La Mamie, quant à elle, semble étrangement calme. Elle relit méthodiquement le dernier paragraphe de la lettre, avant de dire :

- Je vois pourtant un petit problème qui subsiste.

Davido se redresse, inquiet par principe.

- Ah bon ? Lequel ?

- Votre ami gouverneur n'a oublié qu'une seule chose dans son empressement à vous rendre service.

C'est au tour de Davido de craindre le pire. La coquille, le grain de sable qui ferait capoter toute son entreprise.

- Quoi donc ?, lance-t-il négligemment.

- Il a tout simplement oublié... de signer.

La grand-mère lui retourne la feuille et l'exhibe.

Davido se retrouve aussi bête qu'une poule devant un peigne. Finis les jolis mots, les mimiques ambiguës. Il est planté devant son papier, muet comme une carpe.

Arthur se retient de ne pas hurler sa joie. Ce serait lui faire trop d'honneur. Restons dans le mépris négligé. Sur le pouce.

La Mamie replie calmement la lettre et la rend à Davido.

- Vous êtes donc encore ici chez moi, jusqu'à preuve du contraire, et n'ayant pas votre délicatesse légendaire, je vous donne dix secondes pour quitter cette maison avant que je ne prévienne la police.

Davido cherche un bon mot pour sortir en beauté, mais il ne trouve rien.

Arthur décroche le téléphone.

- Vous savez compter jusqu'à dix, non ?, lui balance l'enfant.

- Vous... vous allez regretter votre insolence ! Croyez-moi !, finit par sortir Davido.

Il tourne les talons et claque la porte derrière lui, tellement fort que ses prédictions se réalisent et qu'il prend la cloche sur la tête.

À moitié assommé, aveuglé par la douleur, il se prend aussi la colonne en bois, pourtant bien visible, rate la marche et s'étale dans les graviers.

Il finit par atteindre sa voiture, claque la porte sur le bas de sa veste et démarre dans un nuage de poussière. Mais la poussière lui va si bien.

Le ciel vient de se laisser peindre en orange. Le soleil, quant à lui, essaye de rouler le long de la colline, comme sur cette merveilleuse gravure qu'Arthur caresse du bout des doigts.

C'est une savane africaine, baignée d'une lumière de fin de jour. On pourrait presque en ressentir la chaleur.

Arthur est dans son lit, le cheveu bien lisse qui sent la pomme, et un grand livre en cuir sur les genoux.

C'est ce livre qui, tous les soirs, l'accompagne au pays des songes.

La Mamie est à côté de lui et semble particulièrement émue par la gravure.

« Tous les soirs, nous avions le droit à ce spectacle mer-veilleux. Et c'est précisément devant ce paysage que ta maman est venue au monde », raconte la grand-mère.

Arthur boit ses paroles.

« Pendant que j'accouchais, sous une tente, ton grand-père était dehors et il peignait ce paysage. »

Arthur sourit, amusé par son grand-père.

- Mais qu'est-ce que vous faisiez en Afrique ?, demande naï-vement l'enfant.

- J'étais infirmière. Ton grand-père, lui, était ingénieur. Il construisait des ponts, des tunnels, des routes. Nous nous sommes rencontrés là-bas. Nous avions les mêmes envies. L'envie d'aider et de découvrir ces gens merveilleux que sont les Africains.

Arthur tourne délicatement la page et passe à la suivante.

C'est un dessin en couleurs. Une tribu africaine au grand complet, à moitié nue, bardée de colliers et d'amulettes. Ils sont tous longs et fins. Sûrement des cousins lointains des girafes, tellement ils sont gracieux.

- C'est qui ceux-là ?, demande Arthur, fasciné.

- Les Bogo-Matassalaï, lui répond sa Mamie. Ton grand-père s'était lié d'amitié avec eux, pour leur incroyable histoire.

Il n'en fallait pas plus pour exciter la curiosité d'Arthur.

- Ah bon ? Quelle histoire ?

- Pas ce soir, Arthur. Demain peut-être, lui répond la Mamie déjà bien fatiguée.

- Allez ! S'il te plaît Mamie !, insiste Arthur en faisant son mignon.

- Il faut encore que je range toute la cuisine, se défend la Mamie. Mais Arthur est plus malin que la fatigue.

- S'il te plaît, juste cinq minutes... Pour mon anniversaire !, dit-il d'une voix à charmer un cobra.

La grand-mère ne peut résister davantage.

- Une minute, pas plus, finit-elle par concéder.

- Pas plus !, jure Arthur, honnête comme un dentiste.

La Mamie s'installe un peu plus confortablement, imitée aussitôt par son petit- fils.

- Les Bogo-Matassalaï étaient tous très grands et à l'âge adulte, aucun d'eux ne mesurait moins de deux mètres. Ce n'est pas toujours facile à vivre d'être aussi grand mais ils disaient que la nature les avait faits comme ça et qu'il y avait forcément, quelque part, un complément, quelqu'un qui compensait, un frère qui vous amène ce que vous n'avez pas et inversement.

Arthur est captivé. La Mamie se sent portée par son public.

- Les Chinois appellent ça le Yin et le Yang. Les Bogo-Matassalaï, eux, lui ont donné le nom de : « Frère-nature ». Et pendant des siècles, ils ont cherché leur moitié, celle qui leur amènerait enfin l'équilibre.

- Et ils ont trouvé ?, s'inquiète immédiatement Arthur, trop pressé pour laisser la place à un quelconque suspense narratif.

- Après plus de trois cents ans de recherches dans tous les pays d'Afrique... Oui, confirme la grand-mère. C'était une autre tribu qui, comble de la dérision, vivait juste à côté de la leur. À quelques mètres à peine, pour être précise.

- ... Comment c'est possible ?, s'étonne Arthur.

- Cette tribu s'appelait les Minimoys et avait la particularité de mesurer... à peine deux millimètres !

La Mamie tourne la page et l'on découvre cette fameuse tribu, posant à l'abri d'un pissenlit.

Arthur en est bouche-bée. Jamais encore il n'avait eu vent de ces histoires merveilleuses, le grand-père préférant souvent le récit pharaonique de ses grands chantiers.

Arthur passe d'une page à l'autre, comme pour mieux apprécier leur différence de taille.

- Et...ils s'entendaient bien ?, s'inquiète-t-il.

- À merveille !, assure la grand-mère. Chacun s'aidait dans les travaux que l'autre ne pouvait pas faire. Si l'un coupait un arbre, l'autre en exterminait la vermine. Les infiniment grands et les infiniment petits étaient faits pour s'entendre. Ils avaient, ensemble, une vision unique et entière du monde qui les entourait.

Arthur est fasciné, presque ivre. Il tourne la page suivante et découvre une petite créature qui va bouleverser son cœur d'enfant.

Deux grands yeux bleus sous une mèche rousse et rebelle, une bouche de pamplemousse, un regard aussi espiègle que celui d'un jeune renard et un petit sourire à faire fondre le plus dur des esquimaux.

Arthur ne sait pas encore qu'il vient de tomber amoureux. Il a, pour l'instant, seulement senti une boule de chaleur dans son ventre et un souffle différent, parfumé, entrer dans ses poumons.

La grand-mère le regarde du coin de l'œil, tellement heureuse d'assister à cette merveilleuse naissance.

Après s'être raclé la gorge, Arthur parvient tout de même à dire quelques mots.

« C'est... C'est... C'est qui ? », bégaye-t-il.

- C'est la fille du roi des Minimoys. La princesse Sélénia, dit la Mamie simplement.

- Elle est belle, laisse échapper Arthur, avant de se reprendre. Je veux dire... Elle est bien... l'histoire... Elle est incroyable !

- Ton grand-père était citoyen d'honneur des Bogo-Matassalaï. Il faut dire qu'il a tellement fait pour eux : les puits, les réseaux d'irrigation, les barrages... Il leur a même appris à utiliser les miroirs pour communiquer entre eux et transporter de l'énergie, détaille la grand-mère avec une certaine fierté. Et quand ce fut le moment pour nous de partir, pour le remercier, ils ont offert un sac rempli de rubis, plus gros les uns que les autres.

- Ouah !, s'exclame Arthur.

- Mais ton grand-père n'avait que faire de ce trésor. Celui qu'il désirait était bien différent, confie la grand-mère. Il voulait le secret qui permettait de rejoindre les Minimoys. Arthur est en arrêt. Il jette un coup d'œil sur le dessin de la princesse Sélénia, puis revient sur sa Mamie.

- Et... et ils lui ont donné ?, demande-t-il, l'air de rien, alors que la réponse pourrait changer toute sa vie.

- Je ne l'ai jamais su, répond la grand-mère, apparemment sincère. La grande guerre a éclaté, je suis rentrée en Europe et ton grand-père est resté là-bas pendant toute la guerre. J'ai été durant six ans sans aucune nouvelle de lui, confie-t-elle. Ta mère et moi étions persuadées qu'on ne le reverrait jamais. Brave comme il était, il y avait de fortes chances qu'il soit mort au combat, conclut-elle.

Arthur attend la suite avec impatience.

- Et puis un jour, j'ai reçu une lettre avec une photo de la maison et une demande en mariage. Tout ça en même temps !

- Et alors ?, demande Arthur tout excité.

- Alors... Je me suis évanouie ! C'était un peu trop, tout d'un coup !, avoue la grand-mère.

Arthur éclate de rire en imaginant sa grand-mère les quatre fers en l'air, une lettre à la main.

- Et après, qu'est-ce que t'as fait ?

- Eh bien... Je l'ai rejoint. Et je l'ai épousé !, dit-elle, comme une évidence.

- Il est vraiment trop fort, Grand-père !, lance Arthur.

La Mamie s'est levée et a refermé le livre.

- Oui ! Et moi décidément trop faible ! Les cinq minutes sont largement dépassées. Au lit !

Elle ouvre largement les couvertures afin qu'Arthur puisse y glisser ses jambes.

- J'aimerais bien, moi aussi, aller chez les Minimoys, confie-t-il en tirant la couette jusqu'à son cou. Si Grand-père revient un jour, tu crois qu'il me confiera son secret ?

- Si tu es bien sage et que tu m'écoutes... Je plaiderai en ta faveur.

Arthur l'embrasse dans le cou.

- Merci Mamie. Je savais que je pouvais compter sur toi !

La vieille femme se défait de cette adorable emprise et se lève.

- Maintenant, on dort !, dit-elle avec fermeté.

Arthur se retourne d'un seul coup et se jette sur son oreiller, prétendant déjà dormir.

La Mamie l'embrasse affectueusement, récupère le livre et éteint la lumière, laissant Arthur dans les bras de Morphée et probablement aussi de Sélénia.

La grand-mère rentre à pas feutrés dans le bureau de son mari, évitant les lattes de parquet trop grinçantes.

Elle range le précieux livre à sa place et s'attarde un moment sur le portrait de son mari.

Elle laisse échapper un soupir, immense dans le silence de la nuit.

« Tu nous manques Archibald, finit-elle par avouer. Tu nous manques vraiment beaucoup. »

Elle éteint la lumière et ferme la porte, à regret.

CHAPITRE 3

L a porte du garage est tellement lourde à ouvrir qu'on dirait une porte de château, un pont-levis, et Arthur met toujours quelques secondes à s'en remettre.

Puis il se jette à genoux et fait sortir son bolide du garage. Huit cents chevaux, dans trois centimètres de long. Il suffit d'avoir de l'imagination et Arthur n'en a jamais manqué.

Il pose le doigt sur la voiture et la sort doucement, en l'accompagnant d'une série de grognements, cliquetis et autres rugissements dignes d'une Ferrari.

Arthur prête sa voix aux deux pilotes qui sont à bord et à leur chef qui les guide.

« Messieurs, je veux un rapport complet sur notre réseau mondial d'irrigation », dit-il d'une voix de haut-parleur.

– Bien chef ! reprend-il, à la place du pilote.

– Et faites attention à ce nouveau véhicule, il est super-puissant, ajoute le haut-parleur.

– OK chef ! Ne vous inquiétez pas, assure le pilote avant de quitter sa place de parking et de s'enfoncer dans l'herbe du jardin.

La Mamie pousse la porte d'entrée d'un coup de postérieur. Elle a un grand baquet plein de linge ruisselant qu'elle s'empresse d'apporter au fond du jardin, sous les fils à linge. Arthur pousse lentement sa voiture qui descend dans la rigole creusée à même la terre et remonte l'impressionnant réseau d'irrigation.

« Ici voiture patrouilleur à central. Tout va bien pour le moment», indique le pilote.

Mais la patrouille a parlé trop vite. Face à eux, une énorme balle de tennis (toute neuve) bouche entièrement le passage.

- Oh mon Dieu ! Droit devant ! C'est une catastrophe !

- Que se passe-t-il patrouilleur ?! Répondez !, s'inquiète le chef, aveugle dans son bureau.

- Un éboulement ! Non, ce n'est pas un éboulement ! C'est un piège ! Le yéti des plaines !

Alfred vient de coller sa truffe juste derrière la balle de tennis, et remue la queue tant qu'il peut.

- Central à patrouilleur. Faites attention à sa queue, c'est une arme redoutable !, prévient le haut-parleur.

- Vous inquiétez pas, chef. Il a l'air calme. On va en profiter pour dégager la voie. Envoyez la grue !

Aussitôt le bras d'Arthur se transforme en bras de grue mécanique, avec tous les bruits en option.

Après quelques manœuvres, la main-pince d'Arthur parvient à attraper la balle.

- Ejection !, crie le pilote.

Le bras d'Arthur se détend et envoie la balle le plus loin possible.

Evidemment, le yéti des plaines court derrière.

- La voie est libre et nous sommes débarrassés du yéti !, annonce fièrement le pilote.

- Bien joué, patrouilleur !, concède le haut-parleur. Poursuivez votre mission.

La Mamie poursuit la sienne et attrape le deuxième fil à linge pour y étendre maintenant les draps.

Au loin, sur la crête des collines, un petit nuage de poussière laisse présager l'arrivée d'une voiture.

Ce n'est ni le jour du facteur, ni celui du laitier.

« Qu'est-ce donc encore ? », s'inquiète la grand-mère.

Arthur est toujours en patrouille, quand un nouveau drame intervient.

Le yéti est revenu. Il a ses pattes de chaque côté de la tranchée, la balle dans la gueule, prêt à lâcher.

Dans la voiture, c'est l'affolement.

« Oh mon Dieu ! Nous sommes perdus ! », s'écrie le copilote.

- Jamais !, hurle le pilote avec la voix d'Arthur qui la lui a prêtée pour l'héroïque circonstance.

Arthur remonte le petit ressort à toute allure.

Le yéti des plaines lâche sa bombe qui tombe dans la tranchée.

- Dépêchez-vous capitaine, supplie son copilote, ou nous allons tous mourir !

La balle roule dans la tranchée. On se croirait dans *Indiana Jones*, en miniature.

Arthur pose enfin la voiture au sol en direction de la fuite.

« Banzaï !, hurle-t-il, même si l'expression japonaise n'est pas vraiment appropriée à la situation.

La voiture bondit en avant, poussée par le souffle de la balle qui allait l'écraser.

Le bolide sillonne dans son canyon, comme un avion de chasse.

Le pilote n'en revient pas lui-même. La boule est distancée, mais malheureusement, la voiture arrive au bout de la tranchée qui apparaît comme un mur infranchissable.

- Nous sommes perdus !, pleurniche encore le copilote.

- Cramponnez-vous !, balance Arthur, le courageux pilote.

Le bolide arrive face au mur et le gravit presque à la verticale, avant de s'élever dans les airs et de retomber au sol dans une magnifique série de tête-à-queue. La voiture s'arrête.

La cascade était sublime, quasiment parfaite.

Arthur est fier comme le paon qui a inventé la roue.

- Bien joué capitaine, lance le copilote, épuisé.

- C'est rien, mon p'tit !, reprend Arthur, en vieux routier.

Une ombre gigantesque vient couvrir le petit bolide. Il s'agit d'un autre bolide beaucoup plus gros, celui de Davido.

La voiture vient s'arrêter au-dessus de celle d'Arthur, qui a poussé un cri de stupeur.

À travers le pare-brise, Davido semble heureux d'avoir fait peur à l'enfant.

Alfred-le-yéti revient avec sa balle, mais il sent que ce n'est pas le bon moment pour continuer à jouer.

Il lâche doucement la balle, qui roule sur le bout de bitume, passe sous la vraie voiture et vient se placer sous le pied de Davido qui s'apprêtait à descendre.

Le résultat ne se fait pas attendre. Davido prend appui sur la balle, part en vol plané et se retrouve les quatre fers en l'air. Charlot n'aurait pas fait mieux.

Arthur est à terre aussi, mais de rire.

« Patrouilleur à central ! Le yéti vient de faire une nouvelle victime ! », annonce le pilote.

Alfred aboie et remue la queue. C'est comme ça qu'on applaudit chez les yétis.

Davido se relève tant bien que mal et s'époussette comme il peut.

De rage, il saisit la balle et l'envoie le plus loin possible.

Un craquement déchire le silence et en même temps, la couture sous le bras de sa veste.

La balle atterrit dans le réservoir d'eau, haut de plusieurs mètres.

Furieux pour sa veste mais satisfait de son lancer, Davido se frotte les mains.

« À vous de jouer, central! », lance-t-il au gamin d'un air vengeur.

Arthur encaisse, sans rien dire. La dignité est souvent muette.
Davido tourne les talons et se dirige vers le fond du jardin.
La Mamie commence à s'inquiéter des aboiements répétés
du chien. Elle remonte le long de sa corde à linge et fait cou-
lisser un drap, pour prendre un raccourci.
Elle tombe nez à nez avec Davido, ce qui la fait sursauter.
« Vous m'avez fait peur ! », affirme la grand-mère.
- J'en suis désolé, répond Davido, mentant ouvertement.
Ménage de printemps ? Besoin d'un coup de main ?
- Non merci. Que voulez-vous encore ?, s'inquiète la vieille
femme.
- Je voulais m'excuser. J'ai fait une erreur hier soir et je voulais
la réparer, dit-il d'un ton qui laisse planer l'équivoque. En tout
cas, le double sens.
Davido sort à nouveau un papier de sa poche et l'exhibe sous
le nez de la grand-mère.
- Voilà qui est réparé ! Le papier est signé en bonne et due
forme.
Il prend une pince à linge et affiche la lettre sur le fil.
- Vous n'avez pas perdu de temps !, lui concède la grand-
mère, écœurée.
- Oh, ce n'est qu'un concours de circonstances, dit-il avec
désinvolture. J'allais à la messe, comme tous les dimanches
matins, et voilà que je tombe nez à nez avec le gouverneur !
- Vous allez à la messe le dimanche ? Je ne vous y ai pourtant
jamais croisé !, répond la grand-mère, implacable.
- Je reste souvent au fond, par humilité, je m'étonnais
d'ailleurs de ne pas vous y voir, répond-il. J'ai, par contre,
croisé le maire, qui m'a confirmé mon acte de vente.
Davido a sorti une nouvelle lettre qu'il accroche sur le fil, à
côté de la précédente.
- J'y ai croisé aussi le notaire, qui a validé l'acquisition, dit-il
en attachant une autre lettre. Egalement, le banquier et sa

charmante épouse, qui ont transféré votre dette à ma charge.
Une quatrième lettre vient sécher à la suite des autres.

Pendant ce temps, Arthur a commencé son escalade sur la face nord du réservoir.
Alfred surveille d'en bas et n'a pas l'air rassuré.

Davido a continué d'épingler des lettres. Il en est à la neuvième.
« ... Le géomètre, qui a authentifié le tracé cadastral, poursuit-il, sans relâche. Et enfin le préfet, qui a contresigné l'acte d'expulsion sous quarante-huit heures. »
Il affiche fièrement la dixième et dernière lettre :
- Et il y en a dix ! Mon chiffre porte-bonheur !, lance-t-il avec un certain plaisir. Le plaisir de la vengeance.
La grand-mère est dépitée, abasourdie, proche de l'effondrement.
- Voilà. Maintenant, à moins que votre mari ne réapparaisse dans les quarante-huit heures, cette maison sera la mienne.
- Vous êtes sans cœur, monsieur Davido, finit par lâcher la grand-mère, écœurée.
- Faux ! Je suis plutôt d'une nature généreuse, c'est pour cela d'ailleurs que je vous ai offert une belle somme pour cette malheureuse bicoque ! Mais vous n'avez rien voulu savoir !
- La maison n'a jamais été à vendre, monsieur Davido !, semble rappeler la grand-mère pour la centième fois.
- Vous voyez que vous y mettez de la mauvaise volonté !, répond-il cyniquement.
Arthur se hisse en équilibre au bord de l'immense citerne à moitié pleine.
La balle de tennis flotte paisiblement à la surface.
Arthur s'est transformé en cascadeur pour l'occasion. Il serre ses jambes autour de la paroi en bois et se tend de tout son long pour essayer d'attraper la balle.

Alfred commence à couiner. C'est drôle comme les animaux sentent les drames arriver.

Un craquement. Petit. Presque ridicule, mais il suffit pour précipiter Arthur au fond de la cuve.

Alfred part au petit trot, la queue entre les jambes, soudainement appelé pour une autre mission.

« Pourquoi tenez-vous tant à ce petit bout de terrain et à cette misérable maison ?, interroge la Mamie.

- C'est sentimental. Ce terrain appartenait à mes parents, répond froidement l'homme d'affaires.

- Je le sais bien. C'est précisément vos parents qui l'ont généreusement offert à mon mari pour tous les services qu'il a rendus à la région. Vous voulez aller contre la volonté de vos parents disparus ?, questionne la grand-mère.

Davido est mal à l'aise.

- Disparus ! Voilà le bon mot. Eux aussi ont disparu, comme votre mari, et m'ont laissé seul !, s'énerve Davido.

- Vos parents ne vous ont pas abandonné, cher enfant, ils sont morts à la guerre, précise gentiment la Mamie.

- Le résultat est le même !, répond-il, agressif. Ils m'ont laissé seul et c'est donc seul que j'entends mener mes affaires ! Et si après-demain, à midi, votre mari n'a pas signé ce papier et payé sa dette, je serai dans l'obligation de vous expulser, que votre linge soit sec ou pas !

Davido lève le menton, tourne les talons et tire un drap pour marquer sa sortie théâtrale. Il tombe nez à nez avec Arthur, trempé de la tête aux pieds.

L'homme d'affaires laisse échapper un gloussement : celui de la dinde quand elle apprend qu'elle est invitée pour Noël.

« Vous devriez le mettre à sécher lui aussi ! », glisse-t-il d'un ton moqueur.

Arthur se contente de l'assassiner du regard.

Davido s'éloigne vers sa voiture, toujours gloussant ce qui, vu la taille de son postérieur, le rapproche davantage encore du dindon.

Il claque la portière, laisse rugir les chevaux et fait patiner les roues afin de créer un épais nuage de poussière qui propulse la voiture à une dizaine de mètres. Le petit bolide fait quelques tonneaux, roule légèrement en marche arrière et tombe dans une bouche d'égout.

Davido lâche les chevaux et traverse le jardin, suivi de son épais nuage qui vient se coller sur tout le linge à sécher.

Arthur et sa grand-mère sont couverts de poussière ocre.

Epuisée par tant de contrariétés, la grand-mère s'assied sur les marches du perron.

« Mon pauvre Arthur, je crois bien que cette fois-ci, je n'arriverai pas à stopper ce rapace de Davido », lâche-t-elle désolée.

- Je croyais que c'était un ami de grand-père, avant ?, questionne Arthur en s'asseyant à côté de sa grand-mère.

- Au début il l'était, avoue-t-elle. Quand nous sommes arrivés d'Afrique, Davido n'avait d'yeux que pour ton grand-père ! Un vrai pot de colle ! Mais Archibald ne lui a jamais fait vraiment confiance et il avait bien raison.

- On va devoir quitter la maison ?, s'inquiète Arthur.

- J'en ai bien peur, concède la pauvre femme.

Arthur est assommé par la nouvelle. Comment va-t-il pouvoir vivre sans son jardin, terrain de tous ses jeux, seul refuge à sa solitude. Il doit trouver une solution.

- Et le trésor ? Les rubis offerts par les Matassalaï ?, lance-t-il, plein d'espoir.

La grand-mère montre le jardin.

- Il est là, quelque part.

- Tu veux dire... Le trésor est caché dans le jardin ?, s'étonne Arthur.

- Tellement bien caché que j'ai eu beau creuser partout, je n'ai jamais pu le retrouver, avoue la grand-mère.

Arthur est déjà debout. Il attrape la petite pelle qui dort le long du mur et s'en va au milieu du jardin.

- Qu'est-ce que tu fais, mon chéri ?, s'inquiète la grand-mère.

- Tu crois que je vais rester les bras croisés pendant quarante-huit heures en attendant que ce vautour nous vole notre maison ?, répond Arthur, motivé. Je vais le trouver, moi, ce trésor !

Arthur enfonce sa pelle avec énergie dans un petit carré d'herbe et commence à creuser comme un bulldozer. Alfred a l'air ravi de ce nouveau jeu et l'encourage de quelques aboiements.

La grand-mère ne peut s'empêcher de sourire.

« Tout le portrait de son grand-père », reconnaît-elle.

C'est en se tapant sur les genoux qu'elle réalise à quel point elle est couverte de poussière.

Elle se lève avec difficulté et rentre dans la maison, probablement pour se changer.

Quelques gouttes de sueur perlent déjà sur le front d'Arthur qui en est à son troisième trou.

Soudain, sa pelle semble trouver quelque chose de dur. Alfred aboie, comme s'il sentait quelque chose. L'enfant se jette à genoux et continue à creuser à la main.

« Si tu as trouvé le trésor, tu es vraiment le meilleur chien du monde ! », concède Arthur à son chien qui ressemble à un avion tellement il bat de la queue.

Arthur pousse un peu plus la terre, passe sa main le long de l'objet et l'arrache du sol. Alfred est fou de bonheur. Normal, c'est un os.

« C'est pas un trésor comme ça qu'on cherche, cannibale ! C'est un vrai trésor ! », s'exclame Arthur avant de jeter l'os et d'entamer un nouveau trou.

La grand-mère s'est changée. Elle se passe un peu d'eau sur le visage et se regarde un instant dans la glace.

Elle dévisage cette vieille femme épuisée par le malheur, dont le cœur saigne depuis trop longtemps. Elle a de la peine pour cette femme et semble se demander comment elle fait pour être encore debout.

Elle lâche un long soupir, s'arrange légèrement les cheveux et lance un sourire à ce reflet complice.

La porte du bureau d'Archibald s'ouvre lentement.

La grand-mère fait quelques pas à l'intérieur et contemple ce lieu, véritable pièce de musée.

Elle décroche délicatement un masque africain et le regarde un instant.

Son regard croise celui de son mari, figé sur la toile.

« Je suis désolée, Archibald, mais nous n'avons plus guère le choix », dit-elle à son mari, avec amertume.

Elle baisse les yeux et quitte la pièce, le masque africain sous le bras.

Arthur est au fond d'un nouveau trou et ressort un nouvel os.

Alfred baisse les oreilles et prétend ne pas être au courant.

« Tu as dévalisé une boucherie, c'est pas possible ?! », lui lance Arthur, exaspéré.

La grand-mère sort de la maison, le masque emballé dans du papier journal pour ne pas affoler son petit-fils.

« Je... Je dois faire une course en ville », dit-elle, mal à l'aise.

- Tu veux que je vienne avec toi ?, répond poliment l'enfant.

- Non, non ! Continue à creuser, c'est bien ! On ne sait jamais.

Elle monte avec empressement dans la vieille Chevrolet et démarre.

- Je ne serai pas longue !, hurle-t-elle à cause du moteur toujours aussi bruyant.

La voiture s'éloigne dans un nuage de poussière.

Arthur reste un peu perplexe devant l'empressement subit de sa grand-mère mais le devoir l'appelle et il se remet à creuser.

CHAPITRE 4

Le pick-up roule au pas au milieu de la grande ville. Rien à voir avec le charmant village où la grand-mère fait régulièrement ses courses. Il s'agit d'une vraie métropole. Les boutiques étalent leurs vitrines aux yeux des centaines de curieux qui déambulent. Tout ici semble plus beau, plus grand, plus riche.

La grand-mère se redresse, histoire d'être à la hauteur.

Elle s'arrête devant un magasin et sort de son sac une carte de visite. Elle vérifie que l'adresse est bien la bonne et pénètre dans la petite boutique d'antiquités. Petite par sa vitrine, mais le magasin semble s'allonger à n'en plus finir. Des centaines d'objets et meubles en tous genres et de tous les âges s'entassent en quantités. Des faux dieux romains en pierre côtoient des vraies vierges mexicaines en bois, de vieux fossiles traînent au milieu des vases en porcelaine comme une incitation au massacre. Les vieux livres reliés en cuir fréquentent de simples romans de gare et semblent bien cohabiter malgré leurs différences d'âge et de langage.

Derrière son comptoir, le propriétaire lit le journal. Moitié antiquaire, moitié prêteur sur gages, l'homme n'inspire pas la confiance.

À l'approche de la vieille femme, il ne daigne même pas lever les yeux de sa lecture.

« Puis-je vous renseigner ? », lâche-t-il comme une ancienne habitude.

La grand-mère ne l'avait même pas vu, au milieu de tout ce fouillis.

- Excusez-moi, dit-elle en exhibant nerveusement la petite carte de visite. Vous étiez passé chez nous, il y a quelque temps, nous disant que... si un jour on voulait se débarrasser de vieux meubles ou de bibelots...

- Oui, c'est fort probable, répond-il, un peu vague.

Vu les milliers de cartes qu'il a dû distribuer dans toute la campagne, comment se souvenir de cette pauvre femme ?

- Voilà, j'ai... un objet qui vient d'une collection personnelle, bredouille la grand-mère. J'aurais aimé savoir si cela avait une certaine... valeur.

L'homme pose son journal en soupirant et chausse nonchalamment ses lunettes. Il faut dire qu'il a passé sa journée à évaluer des soi-disant trésors qui n'avaient aucune valeur. Il défait le papier journal et prend le masque dans ses mains.

- Qu'est-ce que c'est ? Un masque de carnaval ?, dit-il, visiblement pas amateur.

- Non. C'est un masque africain. Celui-ci appartient au chef de la tribu des Bongo-Matassalaï. Il est unique, dit la grand-mère avec fierté et respect, non sans cacher son amertume de devoir se séparer d'un aussi beau souvenir.

L'antiquaire semble intéressé.

- 1,50 €, lâche-t-il avec assurance.

On imagine le désastre s'il n'avait pas été intéressé. La grand-mère a le souffle coupé.

- 1,50 € ?! Mais ce n'est pas possible ! C'est une pièce unique, d'une valeur inestimable qui...

L'antiquaire ne lui laisse pas le temps de finir sa phrase.

- 1,80 €. C'est tout ce que je peux faire, concède-t-il. Ce genre d'objet exotique se vend très mal en ce moment. Les

gens veulent du pratique, du concret, du moderne. Désolé.
Vous n'avez rien d'autre à offrir ?
La grand-mère est un peu perdue.
- Si... Peut-être... Je ne sais pas, bredouille-t-elle. Qu'est-ce
qui se vend le mieux en ce moment ?
L'antiquaire a enfin le sourire.
- Sans hésiter ?... Les livres !

Arthur jette sa pelle. Il est découragé. Alfred, lui, est joyeux
et pose devant un tas d'os. Le jardin ressemble maintenant à
un champ de mines.
Arthur se sert un grand verre d'eau au robinet de la cuisine
et le boit d'une traite. Il souffle un coup, regarde le jour qui
tombe à travers la vitre et s'en ressert un autre.
Il entre dans la chambre de la grand-mère, récupère la clef
accrochée au lit à baldaquin et se dirige vers le bureau du
grand-père.
Il entre doucement, son verre d'eau à la main. Il allume une
des belles lampes vénitiennes et s'assied au bureau.
Il regarde longuement le portrait de son grand-père qui,
malgré son sourire, reste désespérément muet.
« Je ne trouve pas, Grand-père !, finit par lancer Arthur, un
peu dépité. J'arrive pas à croire que tu as caché ce trésor dans
le jardin sans laisser un mot quelque part, un indice, quelque
chose pour qu'on puisse le retrouver. Ça ne te ressemble pas. »
La peinture sourit toujours. Archibald est toujours muet.
« ... À moins que je n'aie pas bien cherché ? », se demande
Arthur, incapable pour l'instant d'avouer sa défaite.
L'enfant attrape le premier livre au-dessus du bureau et
commence à l'éplucher.
En quelques heures, Arthur a feuilleté presque tous les livres
et les a entassés sur le bureau. La nuit est définitivement
tombée et il a des crampes un peu partout.

Il termine par le livre que lui lisait sa grand-mère la veille. Il revoit le dessin des Matassalaï, puis celui des Minimoys. Il saute quelques pages et tombe sur un dessin beaucoup plus inquiétant.

C'est une ombre maléfique, comme un corps décharné, vaguement humain.

Le visage n'a pas d'expression, seuls deux points rouges font office de regard.

Un frisson parcourt Arthur, des pieds à la tête. C'est de loin ce qu'il a vu de plus laid dans sa courte vie.

Sous le dessin de la créature de l'ombre, on peut lire, écrit à la main :

« MALTAZARD LE MAUDIT ».

Dehors, dans la pénombre, deux yeux jaunes se faufilent sur les crêtes. Il s'agit d'une camionnette banalisée qui perce la nuit de ses phares puissants. Guidé par la pleine lune, le véhicule s'engage dans les lacets qui mènent à la maison.

Arthur tourne précipitamment les pages, afin d'oublier au plus vite cette vision de cauchemar et ce maudit Maltazard.

Il tombe sur le dessin de Sélénia, la princesse Minimoy.

Le voilà réconforté. Il caresse le dessin du bout des doigts et s'aperçoit que celui-ci est mal collé.

Arthur finit de le décoller pour contempler la princesse d'un peu plus près.

« J'espère que j'aurai l'honneur de vous rencontrer un jour, princesse », chuchote-t-il avec politesse.

Puis il jette un coup d'œil vers la porte pour vérifier qu'il est bien seul, et approche davantage le dessin de son visage.

« En attendant, permettez-moi de vous voler ce baiser. »

Arthur embrasse tendrement le dessin, et c'est Alfred qui soupire.

« Jaloux », lui lance Arthur, un sourire aux lèvres. Le chien ne daigne même pas répondre. On entend un véhicule se garer. Probablement le retour de la grand-mère.

Arthur retourne machinalement le dessin et en découvre un autre. Le visage de l'enfant s'illumine.

« Je savais bien qu'il avait laissé un indice ! », se dit-il joyeusement.

Le dessin est au crayon, plutôt mal fait, ou en tout cas à la va-vite.

Il y a aussi une phrase qu'Arthur lit à voix haute :

« Pour se rendre au pays des Minimoys, faire confiance à Shakespeare... C'est qui celui-là encore ? », s'interroge-t-il.

Il se lève et tourne le plan dans tous les sens pour voir s'il reconnaît l'endroit.

« La maison est ici... Le nord est là... »

Il tient maintenant le plan dans le bon sens et cela le guide vers la fenêtre.

Il l'ouvre avec précipitation et consulte à nouveau le crayonné.

Le plan correspond exactement à la vue qu'il a de la fenêtre du bureau.

« Le gros chêne, le nain de jardin, la lune, tout y est !, s'exclame Arthur, tout excité. On a trouvé, Alfred ! On a trouvé ! »

L'enfant laisse éclater sa joie et fait des bonds comme un kangourou trop heureux d'avoir avalé un ressort.

Il se rue vers la porte, tellement content de partager sa découverte avec sa grand-mère, mais il se cogne en plein dans l'antiquaire et ses deux déménageurs.

« Doucement, jeune homme, doucement ! », lui lance l'antiquaire en le repoussant gentiment.

Malgré la surprise, Arthur a instinctivement caché le dessin dans son dos.

L'homme revient dans le couloir pour s'adresser à la grand-mère.

« C'est ouvert, Madame. Ouvert et occupé ! »

La Mamie quitte sa chambre et le rejoint.

« Arthur, je t'ai déjà dit que je ne veux pas que tu joues dans cette pièce », lance-t-elle, nerveuse. Elle attrape Arthur par le bras et s'efface pour laisser passer l'antiquaire.

« Excusez-le. Allez-y, je vous en prie », dit poliment la grand-mère.

L'antiquaire jette un œil autour de lui, comme un vautour vérifie qu'un cadavre est bien mort.

« Voilà qui est déjà plus intéressant, finit-il par lâcher, avec un sourire de calculette.

Arthur attrape discrètement sa grand-mère par la manche.

– Mamie ? Qui sont ces gens-là ?, chuchote-t-il avec inquiétude.

La vieille femme est mal à l'aise et se tord les mains pour se donner du courage.

– C'est... Le monsieur est là pour... évaluer les affaires de ton grand-père. Si on doit déménager, autant se débarrasser au plus vite de toutes ces vieilleries, lance-t-elle en essayant de se convaincre elle-même.

Arthur est médusé.

– Tu ne vas pas vendre les affaires de grand-père ?!

La Mamie marque un temps, comme une hésitation, un remords, puis pousse un long soupir.

– Je crains que nous n'ayons malheureusement plus le choix, Arthur.

– Bien sûr que si, on a le choix !, s'insurge l'enfant en exhibant son dessin. Regarde ! Je sais où est le trésor ! Papy nous a laissé un message ! Il y a tout le plan !

La grand-mère ne comprend plus rien :

– Où as-tu pris ça ?!

– C'était sous notre nez tout le temps, dans le livre que tu me lis tous les soirs !, explique l'enfant avec enthousiasme.

Mais la grand-mère est trop fatiguée pour croire à toutes ces fantaisies.

- Remets ça immédiatement à sa place, lui répond-elle sévèrement.

Arthur tente de la convaincre.

- Mamie ! Tu ne comprends pas ! C'est le plan pour rejoindre les Minimoys ! Ils sont là, quelque part dans le jardin ! Papy les a ramenés d'Afrique ! Et si on arrive jusqu'à eux, je suis sûr qu'ils sauront nous guider jusqu'au trésor de Grand-père ! Nous sommes sauvés !, ajoute-t-il avec conviction.

La grand-mère se demande comment son petit-fils a pu devenir fou en si peu de temps.

- Ce n'est pas le moment de jouer, Arthur ! Remets ça à sa place et tiens-toi tranquille !

Arthur est effondré. Il regarde sa grand-mère avec ses grands yeux innocents, déjà remplis de larmes.

- Tu n'y crois pas, c'est ça ? Tu penses que Grand-père racontait des histoires ?!

La grand-mère lève les yeux au ciel et met gentiment sa main sur son épaule.

- Arthur, tu es grand maintenant, non ? Tu crois vraiment que le jardin est truffé de petits lutins qui n'attendent que ta visite pour te remettre un sac plein de rubis ?

L'antiquaire a tourné la tête, comme un renard par l'odeur alléché.

- Pardon ?, place-t-il poliment.

- Non rien... Je parlais à mon petit-fils, répond la grand-mère. L'antiquaire poursuit son inspection comme si de rien n'était, mais il est certain de ce qu'il a entendu.

- Bien évidemment, si vous avez aussi des bijoux, nous sommes preneurs, lance-t-il comme on lance du pain aux pigeons.

- Malheureusement, pas de bijoux à l'horizon !, répond la

grand-mère sur un ton sans équivoque. Elle se tourne à nouveau vers Arthur.

- Maintenant tu vas remettre ce dessin à sa place, et vite !

L'enfant obéit à contre-cœur, tandis que l'antiquaire lit la bannière étendue au-dessus du bureau, telle une guirlande d'anniversaire :

« Les mots en cachent souvent d'autres. William S. »

L'antiquaire semble amusé par cette énigme.

- S pour Socrate ?, demande-t-il naïvement.

- Non, S pour Shakespeare. William Shakespeare, rectifie la grand-mère.

Ça fait tilt dans la tête d'Arthur et il reprend le dessin qu'il avait déjà rangé. Il relit la phrase : « Pour se rendre au pays des Minimoys, faire confiance à Shakespeare ».

- Aaah ?... Pas loin, s'exclame l'antiquaire.

La grand-mère lui jette un regard sévère.

- Oui, c'est vrai. Vous vous êtes juste trompé de deux mille ans environ !

- Ah ?... Comme le temps passe vite !, dit-il pour dissimuler son ignorance.

- Vous avez raison, le temps passe vite, alors dépêchez-vous de faire votre choix avant que je ne change d'avis, rétorque la grand-mère, un peu exaspérée.

- On embarque tout !, lance l'antiquaire à ses hommes.

La grand-mère reste sans voix. Arthur glisse discrètement le dessin dans la poche arrière de son pantalon.

- Tss ! Tss ! On ne triche pas petit !, lance l'antiquaire avec un sourire d'inquisiteur. J'ai dit : on embarque... tout !

Avec regret, Arthur sort le papier de sa poche et le tend à l'antiquaire qui aussitôt le met dans la sienne.

- C'est bien petit, concède l'habile brocanteur en lui tapotant sur la tête.

Les hommes de main ont entamé leur triste ballet. Meubles

et objets disparaissent à une vitesse effroyable, sous le regard éploré de la pauvre femme qui regarde s'éloigner des années de souvenirs.

La scène est aussi désolante qu'une forêt qui brûle et part en fumée.

Un des deux gros balourds finit par attraper le tableau à l'effigie d'Archibald. La grand-mère l'arrête en saisissant, au passage, le bord du cadre.

« Non. Pas ça », dit-elle avec fermeté.

Le gros costaud ne lâche rien :

- Il a dit tout !

La grand-mère se met à hurler.

- Et moi je vous dis tout, « sauf » le portrait de mon mari !

Le gros lourdaud reste en arrêt devant l'énergie soudaine de cette vieille femme, accrochée à son tableau.

L'employé regarde son patron qui juge préférable de tempérer.

- Simon ?! Laisse tranquille le mari de Madame !! Il ne t'a rien fait !, plaisante l'antiquaire. Excusez-le. Sa capacité musculaire est malheureusement inversement proportionnelle à sa capacité intellectuelle, lance-t-il comme une plaisanterie.

Il saisit le tableau et le tend à la vieille femme.

- Tenez. Prenez-le Madame. Cadeau de la maison !, a-t-il l'audace d'ajouter.

La porte arrière de la camionnette est grande ouverte et les deux costauds empilent les derniers cartons.

Arthur est vautré sur le canapé du salon et observe sa grand-mère sur le pas de la porte en train de finir sa négociation avec l'antiquaire.

L'homme termine de compter les billets et met la liasse dans la main de la femme.

« 300 €. Tout rond ! », annonce-t-il fièrement.

La vieille femme regarde la liasse avec tristesse.

- C'est peu d'argent pour trente ans de souvenirs.

- C'est un acompte, assure le boutiquier. Si je vends l'ensemble, vous avez une plus-value d'au moins dix pour cent !
- ... Merveilleux !, répond la Mamie, dépitée.
- La grande foire a lieu dans dix jours. Si vous changez d'avis,
vous pouvez toujours venir les récupérer !, précise l'antiquaire.
- C'est bien aimable, lance-t-elle gentiment.
Elle ouvre la porte d'entrée pour laisser partir l'antiquaire et se
retrouve face à un petit homme en costume gris, accompagné
par deux policiers.
Pas la peine d'être détective pour comprendre que l'homme
en costume est un huissier.
« Madame Suchot ? », demande poliment l'homme de loi,
même si le ton de sa voix ne laisse aucune ambiguïté sur le
but de sa visite.
- Oui ?, s'inquiète la Mamie.
L'un des deux officiers de police tente de la rassurer en lui
envoyant un petit geste amical. C'est Martin, l'officier
qu'elle croise régulièrement quand elle va au supermarché.
L'homme en gris enchaîne.
« Frédéric de Saint-Clair. Huissier de justice. »
L'antiquaire sent les embrouilles et préfère filer à l'anglaise.
« À bientôt très chère madame. J'étais ravi de faire affaire
avec vous ! », lance-t-il en souriant et décampant.
L'huissier a l'œil naturellement attiré par la liasse de billets
que la Mamie tient dans sa main.
« Je... je tombe à pic, je vois !, dit-il d'une voix mieux huilée
qu'un compteur. Il exhibe une lettre : j'ai une demande de
recouvrement à votre encontre pour un impayé sur travaux,
sur la personne de Ernest, Victor-Emmanuel Davido. Pour
un montant de 185 € majoré de six pour cent de pénalités
de retard ainsi que le recouvrement des frais de procédure.
Soit un total de 290 €. »
Rien, dans sa voix, ne laisse espérer une quelconque négociation.

La grand-mère regarde son paquet de billets et le lui tend, comme un automate.

L'huissier l'attrape, un peu étonné de n'avoir à livrer aucune bataille.

« Vous permettez ? », dit-il en commençant à recompter les billets à une vitesse hallucinante.

Arthur regarde la scène de son canapé. Il ne semble ni inquiet, ni étonné. Simplement dégoûté. Il a compris depuis quelques heures qu'on a précipité sa Mamie dans une spirale dont elle n'échappera pas.

« Sauf erreur de ma part... Il manque 3 € », lâche l'huissier.

- Je ne comprends pas, je... Il y avait 300 € !, s'étonne la grand-mère.

- Vous voulez recompter ?, demande-t-il poliment, sûr de lui.

Il y a peu de chances qu'il ait fait une erreur. C'est comme un croque-mort, s'il vous dit que son client est mort, on peut lui faire confiance.

La grand-mère est accablée. Elle secoue légèrement la tête.

- Non, je ne crois pas... Vous devez avoir raison.

Dans son camion qui traverse la nuit, l'antiquaire paraît satisfait.

« Voilà une bonne petite affaire, rondement menée », confie-t-il à ses acolytes, hilares.

L'antiquaire plonge sa main dans sa poche.

« Voyons ce que ce petit monstre essayait de nous cacher. »

Il sort le papier qu'Arthur lui a donné à contre-cœur et le déplie avec un lent plaisir. Il s'agit de la liste des courses du supermarché.

CHAPITRE 5

Dans le salon, Arthur déplie à son tour son papier. Il s'agit du dessin de la princesse Sélénia qu'il a subtilement échangé. Arthur caresse le dessin, comme son seul espoir.

L'huissier poursuit son affaire :

« Malgré la faible somme due, la loi est la loi. Je vais donc procéder à la saisie du bien pour recouvrer la créance à hauteur de 3 € », annonce-t-il.

Il y a deux points communs entre l'huissier et le pitt-bull, ils ne lâchent jamais leur prise, et ils ont le même sourire devant la souffrance.

Martin, le gentil officier, se sent un peu obligé d'intervenir.

« Ecoutez, la somme restant due est très faible, on peut quand même lui donner quelques jours pour payer, non ? », dit-il avec bon sens.

L'huissier semble un peu embarrassé.

- J'aimerais bien, mais... Le jugement précise un acquittement immédiat et total de la somme. Si je n'applique pas le jugement à la lettre, je risque d'être sanctionné.

- Je comprends, dit gentiment la Mamie, dont la bonté est décidément sans limite. Allez-y, faites votre travail, ajoute-t-elle en s'écartant pour lui laisser le passage.

L'huissier se sent d'un seul coup tout penaud, et hésite à entrer. Ça ne dure pas longtemps et il s'avance, mais le gentil policier l'arrête dans son élan.

« Attendez !, dit-il en sortant son portefeuille. Voilà... 3 €, le compte est bon ! », finit-il en tendant l'argent.

L'huissier se sent tout bête, et ça fait toujours bizarre quand on est le dernier à s'en rendre compte.

- C'est... C'est pas exactement la procédure mais... vu les circonstances, j'accepte !

La Mamie est au bord des larmes, mais la dignité contrôle tout ça.

- Merci Officier, je... Je vous rembourserai dès que... Dès que je le pourrai !

- Ne vous inquiétez pas Madame Suchot, je suis sûr que lorsque votre mari sera de retour, il trouvera le moyen de me dédommager, dit-il avec une extrême gentillesse.

- J'y veillerai, lui répond la grand-mère, trop émue pour soutenir son aimable regard.

Le policier attrape l'huissier par l'épaule et l'entraîne.

- Allez, vous avez assez travaillé pour aujourd'hui ! On va rentrer maintenant.

L'huissier n'ose pas le contredire.

- Madame, mes respects, prend-il le temps de dire avant de se faire embarquer.

La grand-mère ferme doucement la porte et reste là un moment, un peu abasourdie.

Le téléphone sonne, juste à côté d'Arthur. Il décroche sans entrain.

« Allo ? Arthur chéri ? C'est Maman ! Comment ça va ? », siffle la voix dans le combiné.

- Ça va super !, répond Arthur, sarcastique. Mamie et moi, on est en super- forme !

La grand-mère revient dans le salon et fait des grands signes à son petit-fils, qu'on pourrait traduire par : « Ne leur dis rien ».

- Qu'est-ce que tu as fait de beau ?, se renseigne machinalement sa mère.

- Du rangement !, lance Arthur. C'est fou le nombre de vieilles choses qui ne servent à rien et qu'on peut entasser dans une maison. Mais grâce à Mamie, on a tout jeté !

- Arthur, s'il te plaît, ne les affole pas ! chuchote la grand-mère. Arthur fait mieux que ça. Il raccroche.

- Arthur ?! Tu as raccroché au nez de ta mère ?!, s'offusque la grand-mère.
- Mais non. Ça a raccroché tout seul !, explique-t-il en se dirigeant vers l'escalier.
- Mais où vas-tu alors ? Reste là, elle va rappeler dans la minute.
Arthur s'arrête au milieu de l'escalier et dévisage sa grand-mère.
- Ils ont coupé la ligne, Mamie ! Tu ne vois pas ce qu'il se passe ? Tu es tombée dans un piège. Un piège qui toutes les heures se resserre un peu plus. Mais je ne me laisserai pas faire. Moi vivant, ils n'auront pas cette maison !
Arthur a probablement piqué cette dernière phrase dans un film d'aventures, mais qu'est-ce qu'il l'a bien dite. Il fait demi-tour et monte fièrement les escaliers. S'il avait un chapeau, on le prendrait pour Indiana Jones.
La Mamie décroche le téléphone et constate effectivement que la ligne est coupée.
- C'est probablement une coupure temporaire, ça arrive souvent quand il y a de l'orage.
- Il n'a pas plu depuis un mois, lance Arthur du haut des escaliers.
Ça cogne à la porte.
- Ah, tu vois ? Ça doit être le réparateur, se rassure la grand-mère. Elle se précipite sur la porte qui retenait un technicien en tenue de travail.
- B'soir m'dame !, dit le technicien en la saluant du bout de la casquette.
- Ah vous tombez bien !, fait la grand-mère. Le téléphone vient à l'instant d'être coupé, et je trouve que la moindre des politesses c'est de prévenir les gens avant de les humilier de la sorte !
- Je suis bien d'accord avec vous, m'dame !, concède poliment le technicien. Mais moi, je suis pas du téléphone, je suis de la compagnie électrique.

Il exhibe son écusson cousu sur sa veste, comme une preuve irréfutable :
« ... Et je venais justement vous prévenir que vous allez bientôt être coupée pour défaut de paiement.
Il sort, lui aussi, une lettre officielle. La grand-mère va pouvoir en faire collection.

Arthur entre dans le bureau vide. À part quelques objets sans valeur, il ne reste plus que le bureau, une chaise et le tableau de Grand-père.
Le jeune garçon, dépité, s'assied sur la chaise et relit le bandeau, miraculeusement oublié. Il faut dire que le morceau de toile n'a pas beaucoup de valeur, même si le conseil qu'il révèle n'a pas de prix.
« Les mots en cachent souvent d'autres », relit Arthur, à voix haute.
L'énigme est là, devant lui. Il le sait.
« Aide-moi Grand-père. Si les mots peuvent en cacher d'autres, quelle est l'énigme qui se cache derrière ces mots-là ? »
Il a beau interroger son grand-père du regard, le tableau reste définitivement muet.
La grand-mère a fini de lire la feuille bleue et la rend à l'employé.
« Et... Je serai coupée quand ? », dit-elle, presque habituée.
- Rapidement, je pense !, lui répond le technicien au moment où la lumière s'éteint dans toute la maison.
- Effectivement, c'est très rapide !, concède la grand-mère. Ne bougez pas, je vais chercher une bougie.
Arthur fait craquer une allumette et l'approche d'une bougie. Une petite boule de lumière se forme, comme une oasis dans le désert. Il pose la bougie sur le bureau et s'éloigne de quelques pas, histoire de mieux voir cette banderole, clé de l'énigme.

« C'est le moment d'être brillant ! », se dit-il à lui-même, comme un défi.

« Les mots... peuvent... en cacher... d'autres ».

La lumière de la bougie, placée légèrement en arrière, accentue la transparence du bandeau et Arthur semble apercevoir quelque chose.

Il prend la bougie à la main, monte sur la chaise et place la lumière juste derrière la banderole. Soudain, en transparence, des mots apparaissent. Des mots qui en cachaient d'autres. Le visage d'Arthur s'illumine.

« Bien sûr ! », s'exclame-t-il.

Il essaye de contenir sa joie, car le temps presse. Il fait courir la bougie derrière le bandeau et lit la phrase cachée, au fur et à mesure. En lisant, il a l'impression d'entendre la belle voix toute rouillée. C'est comme si son grand-père avait fait irruption dans la pièce.

« Mon cher Arthur, j'étais sûr que je pouvais compter sur toi et que tu trouverais cette simple charade. »

Arthur grimace : « Pas si simple quand même », semble-t-il répondre à son grand-père.

La voix de l'aïeul résonne à nouveau.

« Tu ne dois pas être loin d'avoir dix ans pour être aussi malin. Par contre, moi je ne suis pas très malin car si tu lis ces lignes, c'est que je suis probablement mort. »

Arthur s'arrête un instant. Son grand-père soudainement si vivant qu'il faudrait déjà imaginer mort ! L'enfant ne veut même pas y penser.

« C'est donc à toi que revient la lourde tâche de finir ma mission. Si tu l'acceptes, évidemment. »

Arthur regarde le portrait de son grand-père. La confiance que le vieil homme lui accorde gonfle ses petits poumons.

- Je l'accepte, grand-père, dit-il solennellement, avant de revenir à sa lecture :

« Je n'en attendais pas moins de toi, Arthur. Tu es mon digne petit-fils », lui a écrit le grand-père.

Arthur sourit, étonné par la clairvoyance du vieil homme.

- Merci, lui répond-il. Le texte continue : « Pour rejoindre le pays des Minimoys, il faut que tu saches quel jour aura lieu le prochain passage. Il n'y en a qu'un seul par an. Pour le savoir, il faut prendre le calendrier universel qui est sur mon bureau et compter la dixième lune de l'année. La nuit de la dixième lune, à minuit précis, la lumière s'ouvrira vers le pays des Minimoys. »

Arthur n'en croit pas ses oreilles. Tout ce qu'il imaginait était donc vrai.

Le trésor caché, les Minimoys et... la princesse Sélénia.

Il laisse échapper un petit soupir, puis se ressaisit et fonce vers le bureau pour y chercher le calendrier.

Heureusement, il a été délaissé par l'antiquaire.

Arthur le consulte hâtivement et compte les pleines lunes.

« Sept... huit... neuf... dix ! »

Il regarde la date à laquelle cela correspond.

« Trente-et-un juillet ! Le jour de mon anniversaire ! C'est-à-dire... aujourd'hui ! », réalise-t-il d'un seul coup, sidéré par la coïncidence.

Arthur se retourne vers la pendule, accrochée au mur. Elle marque vingt-trois heures trente-six.

« C'est dans vingt minutes ! », lance-t-il, déjà affolé.

La grand-mère, à la lumière d'une bougie, finit de signer le papier que lui tend aimablement le technicien.

« Voilà. Le rose est pour vous, le bleu est pour moi. Un pour les filles, un pour les garçons », essaye-t-il de plaisanter, mais la blague tombe à l'eau. La Mamie reste fermée comme un bout de marbre.

« Pour faire rétablir le courant, il vous suffit de vous rendre au bureau central, entre neuf heures et dix-huit heures, avec un chèque, évidemment. »

- Evidemment, souligne la grand-mère avant d'ajouter, curieuse : Dites-moi, comment cela se fait-il que vous travailliez encore à cette heure-ci ? Il est plus de dix-huit heures, non ?

- Croyez-moi, cela ne m'amuse pas, mais c'est le bureau, confie l'employé. Ils voulaient absolument que je passe ce soir. Ils m'ont même payé en heures triples ! C'est à croire qu'il y a quelqu'un qui vous en veut à la G.E.D !

- La G.E.D ?, s'interroge la grand-mère.

- La Générale électrique Davido, précise le technicien.

- Ah ! Je comprends mieux !, soupire la Mamie.

Soudain on entend des coups, provenant du premier étage. Probablement des coups de marteau.

Le technicien s'inquiète un peu et tente une nouvelle plaisanterie.

- On dirait que je ne suis pas le seul à faire des heures supplémentaires, ici ?

- Non. Ça ce sont des fantômes, dit la grand-mère avec une assurance qui interdit le doute. La maison en est pleine.

D'ailleurs, vous devriez vite rentrer chez vous parce qu'ils ne supportent pas les uniformes.

Le technicien se regarde de la tête aux pieds : il n'y a pas plus en uniforme que lui. Il sourit jaune, mais dans le doute, préfère partir.

- Elle est bonne ! Allez, je vous laisse !, dit-il en reculant vers le jardin.

Dès qu'il n'est plus éclairé par la bougie, il se met à courir pour rejoindre sa voiture.

La Mamie sourit, claque la porte et lève la tête afin de localiser d'où proviennent ces coups de marteau.

CHAPITRE 6

A rthur tape comme un fou sur un piston enfoncé dans le mur. À l'aide d'un marteau, évidemment.

« Vingt-huit... vingt-neuf... et trente ! », souffle-t-il.

Le dernier coup est plus fort que les autres et a pour effet de faire sauter une petite planche dans le mur.

Le morceau de bois est monté sur pivot. C'est l'entrée d'une cachette, minuscule.

Arthur glisse sa main dans l'espace disponible et y récupère un papier.

Il le déplie et le lit avec empressement.

« Bravo. Tu as résolu la deuxième énigme. Voici donc la troisième et dernière. Le vieux radiateur. Tourne le robinet vers la droite, autant de tours qu'il y a de lettres dans ton prénom. Puis revient d'un quart de tour. »

Arthur fonce sous la fenêtre et s'agenouille devant le vieux radiateur. Il attrape le robinet et commence à tourner.

« Arthur ! A...R...T...H...U...R... ! » L'enfant s'applique. Il n'a plus le temps de mal faire.

« Et maintenant... un quart sur la gauche ! »

Il se frotte les mains et prend une grande respiration, comme pour se préparer au pire.

Le pire arrive. Par la porte. La Mamie fait irruption et Arthur sursaute.

« Qu'est-ce que tu fabriques encore ?! C'était quoi ces coups de marteau ?! », dit-elle, excédée par cette odieuse journée qui ne veut pas finir.

- Je... je répare le radiateur de Grand-père !, balbutie Arthur.
- En pleine nuit ? Et en plein été ?, s'étonne la grand-mère, pas vraiment dupe de ce mensonge.
- On ne sait jamais. Des fois l'hiver arrive sans prévenir. C'est toi qui dis ça tout le temps !, réplique Arthur, avec bon sens.
- C'est vrai, je le dis ! Mais généralement en novembre !, affirme-t-elle, énervée. Je dis aussi qu'il est bientôt minuit et qu'il est l'heure d'aller se coucher. Et je t'ai également dit cent fois que je ne voulais plus que tu viennes dans cette pièce !
- Pourquoi ? Y'a plus rien dedans, maintenant, lance Arthur avec pertinence.

La grand-mère réalise que sa demande n'a effectivement plus de raison d'être. Elle insiste, par principe.
- Il n'y a plus les objets, certes... Mais les souvenirs sont toujours là et je ne veux pas que tu les déranges !, conclut-elle.

Elle s'approche du calendrier, arrache la page du trente-et-un juillet qui dévoile celle du premier août.

Elle dépose la page arrachée dans une petite boîte où l'on peut lire : « Les jours sans toi ». La pile est malheureusement importante.

« Allez ! File dans ta chambre ! »

Arthur obéit à contre-cœur, tandis que la grand-mère ferme la porte à clé et vient la remettre à sa place, sur le montant de son lit à baldaquin.

Elle rejoint son petit-fils qui finit de se mettre en pyjama.

La grand-mère lui ouvre son lit. L'enfant s'y glisse, sans rien dire.

« Une petite histoire, mais pas plus de cinq minutes », dit gentiment la grand-mère, histoire de se racheter un peu.
- Non merci. Je suis fatigué, réplique Arthur en fermant les yeux.

La grand-mère est un peu surprise, mais n'insiste pas. Elle

récupère la bougie et quitte la pièce, qu'elle laisse au clair de lune.

Dès que la porte est bien fermée, le garçon est debout, tendu comme un arc.

« À toi de jouer Arthur ! », se dit-il pour se donner du courage.

Arthur entrebâille la porte, et tend l'oreille. Il entend le bruit de la douche. La Mamie profite des derniers litres d'eau chaude.

Il se glisse à l'intérieur de sa chambre. La vapeur d'eau s'échappe de la porte de la salle de bain entrouverte.

Arthur avance doucement, détectant de la pointe du pied toutes les lattes de parquet susceptibles de craquer.

Il parvient jusqu'au lit à baldaquin et allonge son petit bras pour récupérer, de justesse, la clé.

Le regard rivé sur la salle de bain, il marche à reculons pour gagner la sortie.

Mais d'un seul coup, il se cogne à quelque chose et se met à hurler. Le quelque chose est en fait quelqu'un. Sa Mamie : même famille que son renard de petit-fils, seulement cinquante ans d'expérience en plus.

« Tu m'as fait peur !, lance l'enfant. Je... je croyais que tu étais sous la douche. »

- Eh bien non. J'étais dans le salon pour chercher mes gouttes pour dormir, dit-elle en exhibant le petit flacon. Et je te conseillerais d'aller au lit au plus vite si tu ne veux pas que je te fasse boire toute la bouteille !

Elle arrache la clé des mains d'Arthur qui file aussitôt dans sa chambre.

La Mamie soupire, replace la clé sur son clou et rejoint son petit-fils dans sa chambre.

À la lumière de la bougie, elle découvre l'enfant au fond de son lit, les draps jusqu'au menton.

« Il faut dormir maintenant, il est presque minuit. »

- Je sais !, lance Arthur, paniqué par ce temps qui passe et dont il ne peut disposer.

- Je ferme la porte à clé. Ça t'évitera toute tentation, lui explique gentiment la grand-mère.

De très près, on entend la glotte d'Arthur qui déglutit sous l'effet de la panique. Mais la Mamie est trop loin pour l'entendre. Elle lui sourit et ferme la porte à clé.

Arthur dégage sa couverture et se lève aussitôt.

Ses draps et ses couvertures sont déjà attachés les uns aux autres.

Il n'a plus qu'à ouvrir la fenêtre et à jeter le tout.

Son évasion était préméditée. Il enjambe le rebord de la fenêtre et se glisse le long de son échelle de fortune.

La Mamie pose la bougie sur la petite table de chevet, à côté de son lit.

La faible lueur permet tout de même de lire l'heure sur le vieux réveil.

Il est minuit moins le quart. La petite flamme l'aide aussi au comptage de ses gouttes. Trois seulement, au fond d'un grand verre d'eau dont elle avale une gorgée.

Puis elle pose ses lunettes sur la petite table et s'allonge, laissant au sommeil le soin de l'envahir.

Arthur se laisse tomber de sa corde en chiffon, trop courte pour atteindre le sol.

Il se relève et court à toutes jambes vers la porte d'entrée.

Alfred sursaute en voyant arriver Arthur. Lui qui gardait l'entrée avec fierté, comment son maître a-t-il pu réussir pareil tour de magie ?

La porte étant fermée, Arthur passe par la petite ouverture battante réservée au chien. Alfred va de surprise en surprise.

Voilà que son maître marche à quatre pattes et utilise l'entrée des artistes.

Arthur traverse le salon en chaussant, par réflexe, les patins. La grande horloge bat la mesure et indique vingt-trois heures quarante-neuf.

La montée à l'étage se fait sans encombre mais cela se corse devant la chambre de la grand-mère : elle a fermé à clé.

« Zut ! », laisse échapper Arthur, qui n'a plus que quelques minutes pour réfléchir.

Il regarde par le trou de la serrure et s'assure qu'au moins la clé est bien sur son clou. C'est le cas. C'est la seule bonne nouvelle.

« Trouve une idée, Arthur, trouve une idée ! », se répète l'enfant en boucle.

Il recule, tourne sur lui-même, observant tout et à toute allure, à la recherche de la moindre aspérité où une idée pourrait s'accrocher.

Au-dessus de la porte, il remarque une petite lucarne dont l'un des angles est cassé.

Arthur tient son idée.

Il ouvre la porte du garage et entre, guidé par le faisceau de sa lampe de poche.

Il monte sur l'établi et récupère l'une des cannes à pêche soigneusement rangées le long du mur.

Alfred sursaute une nouvelle fois en voyant son maître passer, une canne à pêche dans les bras. Que diable va-t-on pêcher à cette heure-ci, se demande le chien, perdu dans les horaires.

Arthur a trouvé un aimant collé à l'une des portes du placard, dans la cuisine.

L'enfant glisse son petit couteau suisse multifonctions derrière l'aimant et le fait sauter.

Arrivé devant la porte de la grand-mère, il attache avec application l'aimant au bout de sa canne à pêche.

« Malin », pense Alfred, qui ne comprend cependant pas ce qu'on va pêcher, surtout dans la maison.

Sans un bruit, mais à toute vitesse, Arthur empile table basse et chaises, suffisamment pour arriver à atteindre le hublot et son coin cassé.

Il monte avec précaution sur son échafaudage et glisse la canne à pêche par le petit trou.

Le chien le regarde sans comprendre. Il n'avait jamais remarqué que la rivière passait par la chambre de la grand-mère.

Arthur allonge sa canne en douceur, puis fait descendre le fil et son aimant vers la clé et son clou.

Alfred veut en avoir le cœur net. Il avance vers l'échafaudage et fait craquer une latte du parquet.

Arthur est déstabilisé. Il se retient comme il peut. L'aimant se balance dans la pièce, bouscule la petite fiole qui tombe sur le côté et se met à goutter dans le verre d'eau de la Mamie.

« Arthur ? », lance la grand-mère en se redressant, dans un demi-sommeil.

Arthur ne bouge pas d'un cil et prie pour qu'Alfred en fasse autant.

Le chien s'est figé, sauf sa queue qui bat un peu.

La Mamie écoute le silence. Quelques grillons, un ou deux crapauds dans le jardin. Rien d'alarmant, mais ce silence est trop parfait pour être honnête.

Elle attrape ses lunettes, sans remarquer les gouttes de somnifère qui continuent à se déverser dans son verre. Elle ouvre la porte de sa chambre et regarde vers la gauche, vers l'escalier. Elle ne voit que le chien, assis tout seul au milieu du couloir, toujours avec sa queue qui bat.

Ce qu'elle ne voit pas, c'est Arthur juste derrière elle, momifié en haut de son échafaudage, sa canne à pêche à la main.

Le chien ne comprend toujours rien, mais décide de sourire.

« Veux-tu aller te coucher, toi aussi ! », lui ordonne la Mamie.

Le chien range sa queue et file dans l'escalier. Ça, il a compris.

« Qu'ont-ils tous à ne pas vouloir dormir ce soir ?! C'est la pleine lune ? », s'interroge-t-elle en refermant doucement la porte.

Arthur peut enfin respirer. C'est un miracle qu'il n'ait pas été découvert.

La Mamie enlève ses lunettes et les pose sur la table de chevet. Elle attrape le verre d'eau dans lequel s'est vidée la fiole de somnifère et la boit d'une traite, en faisant la grimace.

L'effet est instantané. La grand-mère s'écroule en travers du lit, sans même avoir eu le temps de se glisser sous la couette. Arthur reprend sa pêche miraculeuse, tandis que la grand-mère se met déjà à ronfler.

L'aimant descend doucement vers la clé et l'attire. Le clou n'a pas l'air d'accord et s'oppose à ce cambriolage. Arthur grimace et gesticule pour sortir de ce duel contre le clou.

Alfred remonte doucement les escaliers, histoire de savoir où en est la pêche. Il avance vers Arthur qui se contorsionne en haut de son escabeau de fortune.

Le chien marche à nouveau sur la même planche, décidément mal fixée. Le pied de la table basse se décale. L'échafaudage perd son fragile équilibre.

« Oh non ! », laisse échapper Arthur.

L'ensemble s'écroule comme un château de cartes, dans un vacarme épouvantable. Le chien repart en courant.

La tête d'Arthur apparaît au milieu d'une chaise, comme un survivant au milieu d'un tremblement de terre. Le souffle de la catastrophe a été si violent que la porte de la chambre s'est ouverte. C'est vrai qu'elle n'était pas refermée à clé.

Arthur dresse le cou et constate que sa grand-mère est étalée sur le lit, ronflant comme une bienheureuse.

« Comment un tel chaos ne l'a-t-il pas réveillée ?», s'interroge l'enfant.

Il entre dans la chambre, s'avance vers le lit et s'assure que sa

Mamie va bien. Pour ronfler comme ça, pas de doute, elle est bien vivante.

Mais il aperçoit la petite fiole renversée et comprend ce qui est arrivé.

Il attrape la couette et couvre sa gentille Mamie, dont le visage a rajeuni de trente ans sous l'effet du sommeil.

« Fais de beaux rêves, Grand-mère ! », lui dit-il avant de récupérer la clé sur le sol et de disparaître.

CHAPITRE 7

Arthur allume à nouveau une bougie et se jette sur le vieux radiateur.

« Un quart de tour... vers la gauche », se souvient l'enfant.

Il attrape le robinet et s'exécute. Un mécanisme assez bruyant décolle le radiateur du mur et le rabat sur le côté, libérant ainsi une nouvelle cachette, beaucoup plus large que les précédentes. Elle est suffisamment grande pour y dissimuler une grosse malle en cuir.

Arthur tire la malle toute poussiéreuse jusqu'au milieu de la pièce. À l'intérieur se trouve une magnifique longue-vue en cuivre, dans un joli écrin en velours bordeaux. Devant, le gros trépied en bois qui la supporte.

Au-dessus, dans le rabat, cinq petites statuettes africaines, alignées les unes à côté des autres. Cinq hommes en tenue de parade. Cinq Bogo-Matassalaï.

Arthur regarde son trésor avec émerveillement. Il ne sait par où commencer.

Il attrape une petite clé munie d'une étiquette où l'on peut lire : « Toujours garder la clé sur soi ».

Arthur commence par prendre la clé et la met dans sa poche. Ensuite, il déplie le parchemin sur lequel se trouvent les instructions. Il s'agit d'un plan assez simple organisé autour du grand chêne, dans le jardin.

Le nain de jardin cache un trou dans lequel il faut glisser la longue-vue, tête en bas. Ensuite on déplie un tapis à cinq branches et on place une statuette à chaque extrémité.

Tout ceci a l'air assez simple. Arthur vérifie qu'il n'oublie rien, mémorise le tout rapidement puis saisit la longue-vue et le trépied à bras-le-corps et quitte la pièce.

Tandis qu'il traverse le salon, l'horloge indique vingt-trois heures cinquante et une.

Plus que neuf minutes avant l'ouverture de la porte-lumière. Arthur n'a aucune idée de ce qui l'attend et à quoi ressemble cette fameuse porte mais captivé par la mission, il suit à la lettre les instructions de son grand-père.

Malgré la lune, belle et pleine, Arthur n'y voit pas grand-chose. « Il nous faut de la lumière », confie-t-il à Alfred qui le suit partout.

Arthur fonce vers la vieille Chevrolet et se met au volant. Il récupère les clés cachées sur le pare-soleil et se remémore une seconde comment tout cela marche.

« Pourquoi tu me regardes comme ça ?, demande-t-il au chien. J'ai vu Mamie le faire des centaines de fois ! »

Il met le contact. La vieille voiture crache et recrache, peu habituée à ce qu'on la réveille en pleine nuit. Arthur allume les phares, mais la voiture est mal placée et n'éclaire absolument pas le vieux chêne. L'enfant enclenche la première et monte en régime, mais la voiture ne semble pas vouloir avancer.

« Le frein à main, gros bêta ! », réalise soudain l'enfant.

Il tire de toutes ses forces sur le manche et débloque le frein. La voiture bondit d'un seul coup. Arthur hurle et fait de son mieux pour contrôler la voiture qui tourne autour de la maison. Le volant énorme dans ses mains, le regard à ras du tableau de bord, il fait de son mieux pour éviter les arbres mais il ne parvient pas à éviter la corde à linge et il emporte le fil et son contenu.

Deux yeux lumineux sous des draps qui avancent tout seuls, poussant un cri d'enfant : voilà un parfait fantôme et Alfred part en hurlant.

Malgré ce spectre gémissant avec ses phares qui balaient la campagne, la grand-mère ronfle toujours profondément.

La voiture finit par emboutir un arbre quand même, mais aussi jeune qu'Arthur. Plus de peur que de mal. La bonne nouvelle, c'est que les faisceaux des phares sont exactement dirigés sur le nain de jardin.

Arthur se précipite sur le petit homme en plâtre et l'arrache du sol.

« Excuse-moi, vieux ! », lui glisse-t-il avant de le poser sur le côté.

Le nain cache bien son jeu et son trou, pas très large, semble sans fond.

Arthur pose le trépied et plonge la longue-vue tête la première dans le trou, comme indiqué sur le plan.

L'enfant reste un instant perplexe. Il se demande comment cette étrange coordination peut bien ouvrir une porte, fusse-t-elle de lumière ?

« Surveille, je vais chercher le reste », lance-t-il à son chien avant de partir en courant.

Alfred regarde l'édifice et semble aussi perplexe que son maître.

Arthur récupère le lourd tapis au fond de la malle et le jette sur son épaule. Puis il le passe par-dessus la rambarde du premier étage et le récupère dans le salon.

La pendule continue son implacable mission et affiche maintenant vingt-trois heures cinquante-sept. Arthur déplie son tapis et les cinq branches s'étalent autour de la longue-vue. Cela doit être joli, vu d'en haut, cette gigantesque étoile de mer multicolore, posée sur le gazon.

« Les poupées maintenant », lance Arthur.

Il récupère dans la malle les cinq poupées en porcelaine avec infiniment de précautions, et se dirige vers l'escalier.

Il descend à pas lents, marche après marche. « Il s'agit de n'en casser aucune car elles sont forcément au cœur du sortilège », pense Arthur.

Le chien est resté dehors et s'habitue au fantôme dont les yeux jaunes commencent à faiblir, faute d'essence.

Mais d'un seul coup, des ombres se dessinent sur le sol.

Alfred dresse ses oreilles et commence à gémir. Les ombres se glissent dans la lumière jaune des phares. Des silhouettes immenses, pires que des fantômes.

Le chien part en hurlant et rentre dans la maison par sa petite porte.

Il traverse le salon en courant sans mettre les patins, et termine en glissade dans les jambes d'Arthur dont les bras sont chargés des statuettes.

« Non ! », hurle Arthur qui ne peut éviter la chute.

Il s'écroule de tout son long. Les statuettes virevoltent un instant dans les airs avant de se briser en mille morceaux sur le sol.

Arthur est désespéré. Le spectacle des poupées disloquées sur le parquet est insupportable.

La pendule indique vingt-trois heures cinquante-neuf.

« Echouer si près du but. C'est pas juste ! », se plaint l'enfant, incapable de se relever tant la déception le plaque au sol.

Il n'a plus aucun courage, même pas celui de gronder son chien, qui s'est caché sous l'escalier.

L'enfant se met sur ses coudes et voit une ombre avancer sur le sol. Il relève légèrement la tête pour découvrir cinq ombres chinoises, immenses, démesurées, qui sont obligées de se courber pour passer la porte d'entrée.

Arthur est tétanisé, la mâchoire pendante. Il tourne sa petite lampe de poche qui s'allume.

Le petit faisceau éclaire un guerrier Matassalaï, en tenue traditionnelle.

Un boubou soigneusement noué, des bijoux et grigris un peu partout, une coiffure à base de coquillages, une lance à la main.

L'homme est sublime, du haut de ses deux mètres quinze. Ses quatre collègues sont à peine moins grands.

Arthur est sans voix. Il se sent encore plus petit que le nain de jardin.

Le guerrier sort un petit papier de sa poche, le déplie avec application et le lit.

« ... Arthur ? », dit simplement le Matassalaï.

L'enfant n'en revient pas et secoue bêtement la tête. Le chef lui sourit.

« Il n'y a pas une minute à perdre, viens ! », lui lance le guerrier avant de faire demi-tour et de quitter la maison en direction du jardin.

Arthur, comme hypnotisé, oublie toutes ses peurs et le suit. Alfred suit son maître, trop peureux pour rester tout seul sous l'escalier.

Les cinq Africains se sont mis en position au bout de chaque branche du tapis.

Visiblement, ils ont pris la place des statuettes.

Arthur comprend qu'il doit se mettre au centre, près de la longue-vue.

« Vous... Vous ne venez pas ? », demande poliment l'enfant, pas rassuré.

- Un seul peut passer et tu nous sembles être le meilleur choix pour combattre M... le maudit, lui répond le chef.

- Maltazard ?, interroge l'enfant, se remémorant le dessin du fameux livre.

Aussitôt les cinq guerriers mettent leur doigt sur leur bouche pour réclamer le silence.

- Une fois de l'autre côté, ne prononce jamais, jamais, jamais... son nom. Ça porte malheur.

- D'accord. Pas de problème. Juste M... le maudit !, se répète Arthur de plus en plus inquiet.

- C'est lui que ton grand-père est parti combattre et c'est à toi que revient l'honneur de finir son combat, lâche solennellement le guerrier.

Arthur déglutit. La mission lui paraît impossible.

- Merci pour l'honneur mais... il vaudrait peut-être mieux que je laisse ma place à l'un d'entre vous. Vous êtes quand même beaucoup plus forts que moi !, reconnaît l'enfant avec humilité.

- Ta force est à l'intérieur, Arthur. Ton cœur est la plus puissante des armes, lui répond le guerrier.

- Ah ?!, lance Arthur, pas vraiment convaincu. C'est possible, mais... je suis encore petit ?!

Le chef Matassalaï lui sourit.

- Bientôt, tu seras cent fois plus petit encore et ta force n'en sera que plus visible.

L'horloge sonne le premier coup de minuit.

- Il est temps, Arthur, lui dit le guerrier en l'amenant au centre du tapis et en lui donnant les instructions.

Arthur lit le papier d'une main tremblante, tandis que l'horloge libère ses coups.

Il y a trois bagues sur la longue-vue. Arthur attrape la première.

« Le premier cercle, celui du corps, trois crans à droite », lit l'enfant, en contenant son inquiétude. Il exécute la manœuvre avec beaucoup d'appréhension.

Rien ne se passe. Sauf l'horloge qui sonne, pour la quatrième fois. Arthur attrape la deuxième bague.

« Le deuxième cercle. Celui de l'esprit... Trois crans à gauche ! » L'enfant tourne la bague, plus dure que la précédente.

L'horloge libère son neuvième coup.

Le chef africain lève les yeux vers la Lune et semble s'inquiéter de ce petit nuage qui se rapproche dangereusement.

« Dépêche-toi Arthur ! », prévient le guerrier.

L'enfant saisit la troisième et dernière bague.

« Le troisième cercle, celui de l'âme... un tour complet. »

Arthur respire un grand coup et fait tourner la bague, tandis que l'horloge annonce le onzième coup de minuit.

Malheureusement, le petit nuage a atteint sa cible et couvre peu à peu la Lune. Plus de lumière. Arthur a fini son tour et la troisième bague est en place. Le douzième coup de minuit déchire le silence.

Rien ne se passe. Les Matassalaï sont muets et immobiles. Même le vent semble en attente.

Arthur, inquiet, regarde les guerriers qui ont tous le regard rivé sur la Lune.

En réalité, on la devine plus qu'on ne la voit, masquée par ce petit nuage gris inconscient du malheur qu'il provoque.

Mais le vent leur vient en aide et doucement écarte le nuage. La lumière de lune peu à peu prend de la force, puis d'un seul coup, un puissant rayon déchire la nuit, comme un éclair qui relierait la Lune à la longue-vue.

Cela ne dure que quelques secondes mais le choc a été si fort qu'Arthur en est tombé sur les fesses.

Le silence est de nouveau revenu. Rien ne semble avoir changé, sauf les sourires sur le visage des guerriers.

« La porte-lumière est ouverte !, annonce fièrement le chef. Tu peux te présenter. »

Arthur se relève, comme il peut.

- ... Me présenter ?

- Oui. Et tâche d'être convaincant. La porte ne reste ouverte que cinq minutes !, ajoute le guerrier.

Arthur essaye de se motiver mais ne comprend rien à cette

nouvelle mission. Il s'approche de la longue-vue et jette un coup d'œil à l'intérieur.

Evidemment, il ne voit pas grand-chose. Juste une masse marron, totalement floue.

Arthur saisit l'avant de la lunette et la fait tourner afin d'y voir plus net.

Il aperçoit maintenant une cavité en terre, légèrement éclairée. L'image est bientôt limpide et Arthur peut observer le moindre petit bout de racine.

D'un seul coup, le haut d'une échelle vient s'interposer à l'autre bout de la lunette.

Arthur n'en croit pas ses yeux. Il quitte l'œilleton et regarde la terre autour de lui. Non, il n'a pas la berlue. Il y a bien une échelle au bout de sa lunette, une échelle qui ne doit pas mesurer plus d'un millimètre.

Arthur visse à nouveau son œil sur la lunette. L'échelle tremble un petit peu, comme si quelqu'un était en train de la gravir.

Arthur retient son souffle. Un petit bonhomme apparaît au bout de l'échelle et pose ses mains sur l'énorme lentille. C'est un Minimoy.

Arthur est en état de choc. Même dans ses rêves les plus fous, il n'aurait pas cru cela possible.

Le Minimoy met ses mains en casquette pour tenter d'apercevoir quelque chose.

Il a des oreilles pointues, deux yeux comme des billes toutes noires et des taches de rousseur un peu partout sur le visage. En un mot comme en cent, il est craquant et il s'appelle Bétamèche.

CHAPITRE 8

L e Minimoy finit par discerner quelque chose, qui, de son point de vue, n'est qu'un œil énorme.

« Archibald ? », demande le petit homme avec appréhension.

Arthur n'en revient pas. Cette petite chose est douée de parole.

- Euh... non, répond-il, abasourdi.

- Présente-toi !, lui rappelle le guerrier Matassalaï.

Arthur reprend ses esprits et se souvient de sa mission et du temps qui lui est imparti.

- Je... Je suis son petit-fils et... je m'appelle Arthur.

- J'espère que tu as une bonne raison, Arthur, pour utiliser le rayon comme ça, prévient le Minimoy. C'est formellement interdit par le conseil. Sauf en cas d'urgence.

- C'est un cas d'extrême urgence, lance l'enfant, d'une voix tonitruante. Le jardin va être détruit, rasé, ratiboisé ! Dans moins de deux jours, il n'y aura plus de jardin, plus de maison, et donc... plus de Minimoys.

Bétamèche s'affole un peu.

- Qu'est-ce que tu me racontes, mon garçon ? Serais-tu un petit plaisantin, comme ton grand-père ?, lance-t-il voulant se rassurer.

- C'est pas des blagues. C'est un entrepreneur. Il veut raser le terrain et construire des immeubles !, lui explique Arthur.

- Des immeubles ?!, questionne Bétamèche, avec un air horrifié. C'est quoi des immeubles ?

- Des grandes maisons en béton qui recouvrent tous les jardins, lui répond Arthur.

- Mais c'est horrible !!, lance Bétamèche, avec une expression de terreur.

- Oui, c'est horrible !, insiste Arthur, et la seule façon d'éviter ça, c'est que je puisse retrouver le trésor que mon grand-père a caché dans le jardin. Je pourrai ainsi payer l'entrepreneur et rien de tout cela n'arrivera !

Bétamèche est évidemment d'accord.

- Très bien ! Parfait ! Voilà une très bonne idée !, concède le Minimoy, délivré.

- ... Pour que je puisse trouver le trésor, il faudrait que je puisse passer dans ton monde !, précise Arthur au Minimoy qui ne semble pas avoir fait la déduction.

- Ah oui ! Mais ça c'est impossible !, lui répond Bétamèche. On ne peut pas passer comme ça ! Il faut réunir le conseil, il faut leur expliquer le problème, après ils doivent délibérer et...

Arthur le coupe sèchement : « Dans deux jours, il n'y aura plus de délibération, parce qu'il n'y aura plus de conseil, parce que vous serez tous morts ! »

Bétamèche se fige. Il vient de comprendre l'importance de la situation.

Arthur jette un œil au chef africain pour s'assurer qu'il n'y a pas été trop fort.

Le chef lève son pouce, signe qu'il a bien fait.

« Comment tu t'appelles ? », lui demande Arthur en remettant son œil à l'œilleton.

- ... Bétamèche, lui répond le Minimoy.

Arthur prend une voix solennelle : « Bétamèche, l'avenir de ton peuple est entre tes mains. »

Le Minimoy se met à tourner sur lui-même, affolé par tant de responsabilité.

« Oui, bien sûr. Entre mes mains. Il faut agir », se répète-t-il
à voix basse.

Il gesticule tellement qu'il finit par tomber de son escabeau.

« Il faut prévenir le conseil ! Mais le conseil est déjà réuni
pour la cérémonie royale ! Je vais me faire lyncher si je perturbe
la cérémonie royale ! »

Bétamèche se parle à lui-même, à voix haute. Il fait toujours
cela quand il cherche une solution.

- Dépêche-toi, Bétamèche. Le temps presse, lui rappelle
Arthur.

- Oui. Bien sûr. Le temps presse, se répète le Minimoy, de
plus en plus affolé.

À force de tourner en rond, il a le vertige. Il s'arrête une
seconde, puis part en courant dans un boyau, sorte de tunnel
à taupe à peine plus haut que lui.

- Le Roi sera fier de moi ! Mais je vais ruiner la cérémonie !
Il va me haïr !, ressasse Bétamèche qui court à toutes jambes
dans son tunnel.

Le chef des Bongo-Matassalaï s'approche d'Arthur et lui sourit.

« Tu t'es bien défendu, mon garçon. »

- J'espère que ça suffira pour les convaincre !, répond Arthur,
un peu inquiet.

Bétamèche court toujours au fond de son tunnel. Bientôt il
déboule dans une salle immense, véritable grotte à même la
terre.

Son village est là. Plus d'une centaine de maisons, faites de
bois et de feuilles, de racines entremêlées, de champignons
creusés, de fleurs séchées.

Souvent, des racines tressées servent de passerelles et relient
les maisons entre elles.

Bétamèche s'engage dans la grande avenue, totalement déserte
à cette heure-ci.

On en découvre d'autant mieux l'architecture. Un peu baroque, définitivement écolo, c'est un tissu végétal incroyable, un patchwork à taille humaine qui utilise tout ce qui existe dans la nature. Certains murs sont en terre séchée, d'autres en tiges de pissenlit serrées les unes contre les autres, en palissades.

Les feuilles séchées servent généralement de toit, mais d'autres ont préféré des copeaux de bois, posés comme des tuiles. Des petits murets, en écailles de pommes de pain, séparent souvent les maisons.

Bétamèche remonte l'avenue à toute allure, éclairé par les fleurs à boules lumineuses régulièrement plantées et qui font office de réverbères.

L'avenue débouche sur la place du conseil. Il s'agit d'un immense amphithéâtre à la romaine creusé dans la terre, formant un demi-cercle face au palais royal.

Le peuple Minimoy au grand complet s'est donné rendez-vous sur cette place et Bétamèche doit maintenant fendre la foule s'il veut atteindre le conseil.

Il joue un peu des coudes, s'excuse à tours de bras et finit par se retrouver au bord de l'arène.

« Oh là, là ! En pleine cérémonie ! Je vais me faire tuer !! », se dit-il à voix basse pour ne pas perturber le silence général.

Au centre de la place vide, la pierre des Sages, qui retient en son cœur l'épée magique.

L'arme est magnifique. Un acier finement ciselé et gravé de mille insignes. Mais la moitié seulement en est visible. L'autre partie est comme soudée dans la pierre.

Devant l'édifice, un Minimoy a mis un genou à terre, la tête humblement penchée vers la pierre sacrée.

On ne voit pas son visage absorbé par la prière, mais quelques détails dans son costume laissent penser qu'il s'agit d'un guerrier.

Des lacets lui enserrent les pieds jusqu'aux mollets. À la ceinture, différents coutelas en dents de souris et des petites bourses en peau de grains de maïs.

Pas de doute, il s'agit d'un guerrier.

« Oh là, là ! On est en plein dedans! », s'inquiète Bétamèche.

La porte du palais s'ouvre solennellement. Il s'agit d'une porte immense qui mange une bonne partie de la façade du palais.

Il faut quatre Minimoys pour l'ouvrir entièrement tant elle est lourde et massive.

Deux porteurs de lumière sortent les premiers. Ce sont des Minimoys en costume officiel, bariolé et tressé de fils d'or. On dirait des costumes du carnaval de Venise. Sur leur tête, un chapeau comme une grosse boule transparente, qui retient un ver luisant.

Quand ils avancent, ils éclairent le passage au fur et à mesure, comme des porteurs de torches.

Ils viennent se mettre de chaque côté de l'estrade qui s'avance légèrement sur la place, et ouvrent ainsi le passage pour le Roi.

Son Altesse arrive à pas lourds et lents. Le Roi est démesurément grand comparé aux autres Minimoys, comme un adulte par rapport à des enfants.

Ses bras sont énormes et lui arrivent aux mollets. Il porte une épaisse fourrure blanche qui rappelle les ours polaires et une large barbe dont la couleur se mélange à celle de la fourrure.

Son visage n'a pas d'âge, mais il a au moins cent ans. Sa tête semble toute petite par rapport à son corps. Plus drôle aussi, noyée dans son énorme chapeau à grelots.

Le Roi approche jusqu'au bout de l'estrade. Il est suivi par quelques dignitaires, probablement le reste du conseil, qui viennent sagement se mettre sur les côtés. Un seul d'entre eux reste près du Roi. Il s'agit de Miro, la taupe. Son costume baroque rappelle l'époque du Vérone des Montaigus.

Il a des petites lunettes au bout du museau et un air définitivement inquiet.

Le Roi lève ses bras énormes et la foule l'acclame. Il y a du romain dans l'air.

« Cher peuple, notables et dignitaires ! », lance le Roi, d'une voix vieillissante mais néanmoins puissante.

« Les guerres successives que nos ancêtres ont dû mener n'ont apporté que malheur et destruction. » Il marque un temps, comme pour graver la mémoire de tous ceux qui ont disparu durant cette pénible période.

« C'est donc en toute sagesse qu'ils décidèrent un jour de ne plus jamais faire la guerre, et de fondre dans la roche l'épée du pouvoir. »

Il désigne, d'un geste large, l'épée soudée à son édifice et le guerrier, toujours agenouillé.

« L'épée ne doit plus jamais servir, et doit nous aider à résoudre nos problèmes... en paix. »

La foule semble partager le sentiment de son Roi. Sauf, peut-être, Bétamèche, trop excité par sa mission.

Le Roi reprend son discours.

« Les Anciens ont écrit, au pied de l'édifice, la loi qui doit nous guider : si un jour nos terres sont menacées par l'envahisseur, alors un cœur pur, animé d'un élan de justice, ne connaissant ni la haine ni la vengeance, pourra ressortir l'épée aux mille pouvoirs et mener un juste combat. »

Le Roi pousse un long soupir plein de tristesse, avant d'ajouter :

« Malheureusement... Ce jour est arrivé. »

La rumeur embrase la foule et chacun confie son inquiétude à son voisin.

« Nos espions m'ont rapporté que... M. le maudit est sur le point de lancer une gigantesque armée sur nos terres. »

Un souffle de terreur glisse sur la foule. La première lettre de son nom a suffi à inquiéter tout le monde. On imagine aisément la panique si quelqu'un prononçait, par malheur, son nom en entier.

« Débattons ! », lance le Roi, comme le signal pour un joyeux chaos où tout le monde peut s'exprimer sans vraiment dialoguer. Cela ressemble plus au marché aux poissons qu'à l'Assemblée nationale.

- Y en a encore pour longtemps ?, demande Bétamèche, inquiet. Le garde royal se penche un peu vers lui.

- Oh là ! On n'en est qu'au début !, lance le militaire en levant les yeux au ciel. Il reste encore : le résumé royal, le discours des Sages, l'engagement du guerrier, la ratification par le Roi et après... l'ouverture du buffet !, conclut-il joyeusement, avec un sourire gourmand.

Bétamèche se sent perdu. Ses mains s'agitent dans tous les sens, à la recherche de courage.

- Peuple ! Il n'y a pas une minute à perdre !, lance le Roi pour imposer le silence.

- Il a raison !, renchérit Bétamèche. Il n'y a pas une minute à perdre !

Le Roi fait quelques pas vers le guerrier, toujours solennellement courbé devant sa future épée :

- L'heure est grave et je vous propose donc de couper court au protocole et d'introniser immédiatement la personne qui me paraît avoir toutes les qualités requises pour cette dangereuse mission.

Le Roi avance encore un peu. Une bienveillance inattendue vient lui rosir le visage et adoucit sa voix.

- Cette personne qui, dans quelques jours, prendra officiellement ma place à la tête de ce royaume...

Un sourire d'enfant lui rajeunit le visage.

- Je veux bien sûr parler de la princesse Sélénia... ma fille.

Il tend affectueusement ses deux gros bras en direction du guerrier agenouillé.

Une jeune fille se relève doucement, comme le veut le protocole, et laisse découvrir son angélique frimousse.

Elle est encore plus belle que sur le dessin. Sa tignasse de fauve a des reflets mauves qui s'accordent à merveille avec ses deux yeux amande d'un turquoise maldivien.

Elle fait la fière dans son petit corps d'enfant et joue les rebelles, les guerrières, mais sa grâce la trahit. C'est une véritable princesse, aussi pâle que Blanche-Neige, aussi belle que Cendrillon, aussi gracieuse que la Belle au Bois dormant, mais aussi espiègle que Robin des Bois.

Le Roi a du mal à cacher sa fierté. La pensée que ce petit bout de femme est sa fille le fait rougir.

La foule applaudit, en signe d'approbation. Il y a peu à parier que le choix de l'assistance soit issu d'une large et profonde réflexion. C'est plutôt le charme de Sélénia qui se propage comme un courant d'air.

Seul Bétamèche semble imperméable à tout ça.

« Du courage, Bétamèche ! », se lance-t-il à lui même.

Le Roi fait un dernier pas vers sa fille.

« Princesse Sélénia, que l'esprit des Anciens vous guide», lui dit son père, solennellement.

Sélénia s'approche à son tour, tend calmement les bras vers l'épée et s'apprête à poser sa main sur la poignée quand Bétamèche intervient.

« Papa ?! », hurle-t-il en fendant la foule.

Sélénia est arrêtée dans son élan et tape du pied.

« Bétamèche ! », dit-elle en serrant les dents.

Il n'y a que son petit frère qui soit capable de faire des pitreries dans un moment pareil.

Le Roi cherche du regard son petit dernier.

- Je suis là, Papa !, dit l'enfant en venant se mettre à côté de Sélénia, furieuse.

- Tu l'as fait exprès, hein ? Tu ne pouvais pas attendre dix secondes avant de faire le clown ?

- J'ai une mission très importante, lui rétorque Bétamèche, sérieux comme un Pape.

- Ah ? Parce que la mienne, de mission, elle n'est pas importante !? Je dois sortir l'épée magique pour aller combattre M... le maudit !

Bétamèche hausse les épaules.

- Tu es beaucoup trop orgueilleuse pour sortir cette épée de la roche, tu le sais bien !

- Dis-moi, Monsieur-je-sais-tout !, réplique-t-elle, vexée, il n'y aurait pas un peu de jalousie, dans tes propos ?

- Pas du tout !, répond Bétamèche, en levant le nez au ciel.

- Bon ! Arrêtez de vous chamailler tous les deux !, tranche le Roi en avançant jusqu'à eux. Bétamèche ?! C'est une cérémonie importante. J'espère que tu as une bonne raison pour venir la troubler de la sorte.

- Oui, Père. Le rayon des terres du haut s'est ouvert aujourd'hui, lui assure Bétamèche.

La rumeur traverse la foule qui s'agite instantanément.

- Qui a osé ?, s'écrie le Roi, de sa voix de ténor.

Bétamèche s'avance devant son père immense.

- Il s'appelle Arthur, dit-il de sa petite voix timide. C'est le petit-fils d'Archibald.

L'assistance est en émoi. Le nom d'Archibald résonne dans toutes les mémoires. Le Roi est un peu troublé.

- Et... Que veut-il cet... Arthur ?, questionne-t-il.

- Il veut parler au conseil. Il dit qu'un grand malheur va s'abattre sur nous et que lui seul peut nous sauver.

La tribune s'embrase. On est au bord de la panique. De l'émeute.

Sélénia pousse son frère du bras et vient prendre sa place, face au Roi.

- Notre grand malheur s'appelle M. le maudit et nous n'avons que faire de cet Arthur ! C'est à moi, Sélénia, princesse de sang, que revient la tâche de protéger notre peuple.

Sans plus attendre, elle se retourne et va directement à l'épée. Elle pose sa main sur la poignée et tente de sortir l'objet d'un geste gracieux.

Mais la grâce ne doit pas être utile pour ce genre d'exercice, car l'épée n'a pas bougé d'un millimètre. Elle essaye donc la force, en employant les deux mains.

Rien ne se passe. L'arme reste soudée.

Elle y met les deux mains, les deux pieds, se contorsionne, grimace, hurle...

Rien n'y fait. C'est la confusion dans la foule. Dans le regard du Roi aussi, qui semble profondément déçu et sûrement un peu inquiet.

Sélénia, épuisée, s'arrête une seconde pour reprendre son souffle.

- Tu vois : beaucoup trop orgueilleuse. Je te l'avais dit !, lui lance Bétamèche au passage.

- Oh toi !, lui répond Sélénia en s'avançant vers lui, les mains en avant, prête à l'étrangler.

- Sélénia !, hurle son père. La princesse s'arrête dans son élan.

- Ma fille, je suis désolé, lui dit-il avec affection. Nous savons à quel point tu aimes ton peuple mais... Ton cœur est trop chargé de haine et de vengeance.

- C'est faux, Père !, se défend-elle, les larmes au bord des yeux. C'est juste... c'est Bétamèche qui m'a énervée ! Je suis sûre que si je me calme une minute, je pourrai sortir cette épée et tout rentrera dans l'ordre !

Le Roi la regarde un instant. Il est sceptique. Comment expliquer à sa fille que cette fureur l'aveugle sans la vexer, sans la casser.

- Que ferais-tu si tu avais M. le maudit, là, devant toi ?, lui demande simplement le Roi. Sélénia essaye de contenir cette haine qui ne demande qu'à s'exprimer.

- Je...je le traiterais comme il le mérite, assure-t-elle.

- C'est-à-dire ?, insiste le Roi, jouant avec ses nerfs.

- Je... Je... Je l'étranglerais cette espèce de vermine ! Pour tous les crimes qu'il a commis et le malheur qu'il a fait s'abattre sur nous et aussi pour...

Sélénia réalise d'un seul coup dans quel piège elle vient de tomber.

- Je suis désolé, ma fille, mais tu n'es pas prête. Les pouvoirs de l'épée n'agissent qu'entre des mains animées de justice, pas de vengeance, lui explique son père.

- On fait quoi, alors ? On va laisser ce cloporte informe nous envahir, nous piller, nous égorger nous et nos enfants ? Sans rien dire ? Sans rien faire ? Sans rien tenter ?, dit-elle en prenant la foule à témoin.

L'assemblée s'agite. Il y a évidemment du vrai dans le discours de la petite princesse.

- Qui va nous sauver ?, hurle-t-elle pour conclure.

- Arthur !, lui répond Bétamèche avec ferveur. Il est notre seul espoir.

Sélénia lève les yeux au ciel. Le Roi réfléchit. La foule s'interroge.

Le conseil discute, puis adresse un signe favorable au souverain qui acquiesce.

- Vu les circonstances... et en mémoire d'Archibald, le conseil accepte d'écouter ce jeune homme.

Bétamèche hurle de joie, tandis que sa sœur se met à bouder, fidèle à son habitude.

La foule est en ébullition, comme à chaque fois que le spectacle propose des rebondissements.

« Miro ? Préparez la liaison », lance le Roi.

La petite taupe s'exécute immédiatement. Elle saute dans son petit centre de contrôle, sorte de comptoir en arc de cercle regorgeant de manches et de tirettes en tous genres.

Miro fait d'abord un rapide calcul sur son boulier, puis tire sur le manche numéro vingt-et-un. Un énorme miroir, monté sur des racines qui lui servent de cadre, sort du mur, comme un rétroviseur sortirait d'une voiture. Un deuxième miroir apparaît aussitôt, récupérant le reflet du premier miroir. Un troisième se dégage d'un plafond et capte à son tour le reflet.

Miro enclenche les manettes les unes après les autres et les miroirs apparaissent de partout, transportant la même image à travers la ville, à travers le long tunnel qui mène à la pièce où se trouve l'énorme lentille de la longue-vue, toujours plantée dans la terre.

Une cinquantaine de miroirs, au total, se sont alignés pour récupérer l'image de cette lentille.

Miro s'y met à deux mains pour actionner un nouveau manche. Une sorte de plante descend du plafond de la grotte, s'ouvre comme une fleur sous l'effet de la rosée et libère quatre boules lumineuses : une jaune, une rouge, une bleue et une verte. Quatre couleurs fondamentales qui doucement s'alignent et forment une lumière blanche et parfaite, comme un gros projecteur prêt à reproduire fidèlement l'image transportée par les miroirs. Il ne manque plus qu'un écran. Miro appuie sur une tirette, la seule dont le dessus soit en velours.

Un immense écran se déroule d'un seul coup du plafond, envahissant le ciel de la ville.

À y voir de plus près, il s'agit de feuilles d'érable séchées, puis cousues les unes aux autres en un magnifique patchwork. Miro appuie sur un nouveau bouton. Un ultime miroir permet au reflet d'atteindre le projecteur, qui renvoie l'image sur l'écran géant.

Un œil gigantesque envahit la toile. C'est celui d'Arthur.

L'enfant, toujours à genoux dans son jardin, n'en revient pas.
Il est au milieu du conseil des Minimoys, face au Roi.
Ce dernier est d'ailleurs un peu impressionné par la taille de
cet œil, qui laisse imaginer la hauteur de l'être humain qui
se cache derrière.
Sélénia, elle, a tourné le dos à l'écran en signe de contestation.
Le Roi reprend un peu de sa dignité et se racle la gorge.
« Hum ! Eh bien, jeune Arthur, le conseil vous écoute, soyez
bref. »
Arthur prend une grande inspiration.
- Un homme veut détruire le jardin qui vous abrite. Il vous
reste une minute pour me faire passer dans votre monde afin
que je puisse vous aider. Passé ce délai, je ne pourrai rien
faire et vous serez totalement anéantis.

La phrase parcourt l'assistance comme un courant d'air.
Le Roi semble paralysé par la nouvelle.
- ... Voilà qui est bref... et précis.
Il se tourne vers le conseil, aussi perdu qu'un banc de poissons
dans un champ de blé.
Le Roi se retrouve donc seul, face à ses responsabilités.
- ... Ton grand-père était un sage et un grand homme. En sa
mémoire, nous allons te faire confiance. Réveillez le passeur !,
tonne-t-il en levant ses bras imposants.
Bétamèche hurle de joie et part en courant, bousculant au
passage sa sœur toujours aussi boudeuse.
Miro actionne une tirette en or et un énorme rideau de
velours rouge vient masquer l'écran géant.

CHAPITRE 9

Arthur se retourne vers le chef de la tribu des Bongo-Matassalaï.

« Je crois que ça a marché », annonce-t-il timidement.

Les guerriers n'en doutent pas une seconde. Ce n'est pas le cas d'Alfred qui ne comprend décidément rien à ce nouveau jeu qui réunit des fantômes de deux mètres quinze, un nain de jardin, un tapis de prières et une longue-vue.

Bétamèche déboule dans la salle des passages, en une glissade qui n'en finit pas.

Il se rue sur un cocon de soie qui pend du plafond.

« Passeur ! Passeur ! Réveillez-vous, il y a urgence ! », hurle-t-il en cognant au cocon. Pas de réponse. Bétamèche sort une lame bizarre de son couteau multifonctions. C'est un coupe-cocon, évidemment. Il fend la soie sur toute la largeur.

Le passeur, qui dormait paisiblement la tête en bas, glisse à travers les parois soyeuses et s'écrase au sol :

« Nom d'une boule à guimauve ! », marmonne le vieux Minimoy en se frottant la tête. Il dégage sa longue barbe blanche, emmêlée dans ses jambes, puis arrange les poils de ses oreilles : « Qui a osé ? »

Le vieux lutin aperçoit le jeune prince et sa bouille réjouie :

« Bétamèche ?! Petit vaurien ! Tu n'as rien trouvé de mieux pour t'amuser ?! »

- C'est mon père qui m'envoie. C'est pour un passage, explique l'enfant, trépignant d'impatience.

- Encore ?!, se plaint le passeur. Qu'est-ce qu'ils ont tous à vouloir passer en ce moment ?!

- Le dernier passage remonte tout de même à trois ans !, note Bétamèche avec bon sens.

- C'est bien ce que je dis ! Je commençais à peine à m'endormir !, répond le passeur en s'étirant.

- Dépêchez-vous ! Le Roi s'impatiente !, insiste le prince.

- Le Roi, le Roi ! D'ailleurs, le sceau royal, où est-il ?

Bétamèche le sort de sa poche et le tend au passeur.

- Bon. C'est bien le sceau, en effet, conclut-il après un rapide examen.

Il prend l'objet royal et l'enclenche dans une boîte, à même le mur.

- La Lune maintenant. Est-elle bien pleine ?

Le vieux passeur tire une petite trappe dans le mur, comme un couvercle de poubelle murale. Un miroir y est fixé et renvoie l'image de la Lune, imposante, luisante, et surtout pleine.

- Elle est bien belle, s'émeut le passeur.

- Dépêchez-vous, passeur ! Le rayon s'affaiblit.

- Oui, c'est bon ! C'est bon !, répond-il en grommelant.

Il s'approche des trois bagues, les mêmes que celles qui se trouvent à l'autre bout de la lunette et qu'Arthur a soigneusement alignées. Sauf que de ce côté, pour les Minimoys, elles apparaissent énormes.

Le passeur attrape la première couronne.

- Trois crans vers la droite, pour le corps, dit le vieil homme en s'exécutant.

Puis il attrape la deuxième couronne.

- Trois crans à gauche, pour l'esprit.

La deuxième bague tourne lentement jusqu'au troisième cran.

Le passeur saisit la troisième couronne.

- Et maintenant, un tour complet... Pour l'âme.

Le passeur attrape la troisième couronne comme un forain attrape la roue de sa loterie, et la fait tourner.

D'un seul coup, le rayon qui venait de la Lune change de nature et se met à onduler comme une ligne d' horizon sous l'effet de la chaleur.

- Accroche-toi, lance le chef africain à Arthur.

- M'accrocher ? Mais à quoi ?, répond l'enfant avec étonnement.

À peine a-t-il posé la question qu'il se met à rétrécir à toute vitesse, en moins de temps qu'il ne faut pour le dire.

Arthur, par instinct, se raccroche au passage à la lunette. Il se colle le dos contre le verre, tandis qu'il continue de rétrécir.

- Qu'est-ce qu'il m'arrive ?!, demande-t-il, affolé.

- Tu vas rejoindre nos frères les Minimoys, lui répond calmement l'Africain. Mais n'oublie pas que tu n'as que trente-six heures pour remplir ta mission. Si après-demain, à midi, tu n'es pas de retour, la porte se refermera... pour mille jours !, précise le chef avec fermeté.

Arthur acquiesce de sa petite tête qui ne cesse de rétrécir. Derrière lui, le verre est maintenant haut comme un immeuble. Soudain, la paroi en question devient molle et Arthur s'y enfonce. Il traverse la serre et tombe dans la longue-vue. Le voilà qui roule, qui boule, qui se heurte partout, comme un pantin tombé dans l'escalier.

Il termine sa chute en s'écrasant bruyamment contre le dernier verre, celui qui donne dans la salle des passages.

Arthur se frotte la tête tandis que Bétamèche apparaît déjà en haut de son escabeau.

Les deux garçons semblent aussi surpris l'un que l'autre.

Bétamèche finit par sourire et par lui faire un signe de la main, en signe de bienvenue.

Arthur, un peu embêté, lui rend la pareille.

Le Minimoy lui parle et lui fait des grands gestes, mais le verre épais empêche toute conversation.

Bétamèche accentue ses gestes. Visiblement, il essaye de lui faire comprendre quelque chose.

« Je n'entends rien ! », lui hurle Arthur en mettant ses mains en porte-voix.

Bétamèche s'approche du verre et souffle dessus pour le couvrir de buée, puis il dessine une clé.

« La clé ? », dit Arthur en mimant le geste de la serrure.

Le Minimoy secoue la tête. Arthur se souvient d'un seul coup :

« Ah ! La clé ! Celle qu'il faut toujours garder sur soi ! »

Arthur fouille ses poches et en sort la fameuse clé, toujours reliée à son étiquette.

Bétamèche le félicite et lui indique la serrure, sur la paroi de gauche.

L'enfant suit les indications et traverse la longue-vue jusqu'à la paroi, épaisse comme la coque d'un cargo.

Arthur hésite à entrer la clé dans la serrure, mais Bétamèche l'encourage en gesticulant.

L'enfant met la clé et la tourne.

Aussitôt, un mécanisme invisible se déclenche et le plafond commence à descendre à une vitesse impressionnante.

Arthur lève la tête et regarde cette masse qui descend inexorablement vers lui.

Il est dans un piège. Le plafond va l'écraser. La panique l'envahit.

Il tape contre le verre et appelle Bétamèche à son secours.

Le Minimoy est tout sourire et lui montre ses deux pouces en l'air, en signe de félicitations.

Arthur est abasourdi par tant de cruauté. Il se sent perdu.

Il tape de toutes ses forces sur le verre qui n'en a que faire.

« Je ne veux pas mourir, Bétamèche ! Pas tout de suite ! Pas comme ça ! », hurle le pauvre garçon, déjà à bout de souffle.

Le plafond se rapproche et va l'écraser dans quelques secondes.

Arthur regarde Bétamèche dans les yeux.

La dernière image qu'il emportera sera donc la mine réjouie de ce satané lutin.

Le plafond de verre arrive sur la tête d'Arthur et l'oblige rapidement à s'aplatir au sol pour mieux l'écraser de tout son long.

Mais la pression du verre ne l'écrase pas réellement, elle l'enfonce dans le verre devenu mou : Arthur s'enfonce comme une cuillère dans la confiture. Impossible de s'échapper ou de bouger dans cette matière trop dense et gélatineuse. Il faut juste attendre quelques secondes qu'elle vous recrache de l'autre côté.

Arthur tombe de la lentille et s'écrase au sol, emberlificoté dans des centaines de fils gélatineux, comme s'il était tombé dans une cuve à chewing-gum.

L'enfant est en vrac, aux pieds de Bétamèche.

« Bienvenue aux pays des Minimoys », lui lance le petit prince tout joyeux, les bras grands ouverts.

Arthur se lève comme il peut, et tente de se débarrasser de tous ces fils qui le ligotent.

Il n'a pas encore réalisé qu'il n'est plus un petit garçon. Il est devenu un authentique Minimoy.

« Tu m'as fait très peur Bétamèche ! Je n'entendais rien, alors j'ai cru que j'allais mourir et que... » Arthur s'arrête au milieu de sa phrase.

En enlevant un fil de son bras, il vient de comprendre que son membre n'a plus rien à voir avec celui dont il a l'habitude.

Arthur n'ose pas encore admettre l'inimaginable.

Il se débarrasse des fils gluants, découvrant peu à peu son corps de Minimoy.

Bétamèche le prend par les épaules et le retourne pour qu'il puisse se regarder dans le reflet de la lentille.

Arthur est stupéfait. Il se touche le corps, puis le visage, comme pour vérifier qu'il ne s'agit pas d'un rêve.

« C'est incroyable », finit par lâcher l'enfant.

Le passeur sourit, tout en recousant son cocon.

« Bon, vous n'avez plus besoin de moi, maintenant. Je retourne me coucher. »

Il attrape l'escabeau de Bétamèche pour remonter dans son cocon, qu'il finit de recoudre de l'intérieur.

Arthur est toujours hypnotisé par son reflet.

« C'est vraiment incroyable ! »

- Bon ! Tu t'admireras plus tard !, lui lance Bétamèche en le tirant par le bras. Le conseil t'attend.

Le chef de la tribu des Bogo-Matassalaï retire délicatement la longue-vue de son trou, tandis que ses frères replient soigneusement le tapis à cinq branches.

Le chef regarde une dernière fois dans le trou.

« Bonne chance, Arthur », dit-il avec émotion.

Il remet le nain de jardin à sa place et la petite tribu disparaît dans la nuit, comme elle était venue.

Le moteur de la vieille Chevrolet s'arrête d'avoir trop toussé.

La lumière des phares diminue rapidement puis finit par s'éteindre.

La nuit a repris ses droits et le silence est maintenant total...

Sauf un léger bourdonnement que l'on perçoit à peine et qui vient du premier étage.

Probablement la grand-mère qui ronfle, comme une loco-motive insouciante.

Chapitre 10

L e Roi est sur son trône et frappe le sol de son sceptre.
« Faites entrer le dénommé Arthur ! », dit-il de sa voix puissante.

Les deux gardes relèvent leurs armes et ouvrent le passage à Arthur, qui doit maintenant traverser la place sous le regard de tous.

La foule l'accueille à coups de « Oh ! » et de « Ah ! ». Ça ricane, ça roucoule, ça râle et ça rumine. Arthur fait de son mieux pour cacher sa timidité naturelle et embarrassante.

Sélénia, toujours les bras croisés, regarde avancer ce sauveur tombé du ciel. Il ressemble plutôt à un oisillon tombé du nid. Bétamèche décoche un coup de coude à sa sœur.

« Mignon, hein ? », glisse-t-il à la princesse qui hausse instantanément les épaules.

- Commun !, répond-elle en lui tournant le dos.

Arthur passe juste à côté d'elle.

- Princesse Sélénia, mes hommages, parvient-il à lâcher, malgré sa timidité.

C'est à peine s'il a pu la regarder, de peur que son cœur n'explose.

Il se penche légèrement, la salue et reprend son chemin vers le Roi.

Sélénia ne l'avouera jamais, mais ce petit garçon poli et discret vient de marquer quelques points.

Le Roi aussi semble séduit, mais pas question non plus de déclarer trop tôt ses sentiments.

Il n'y a que Miro-la-taupe qui ne s'embarrasse pas de protocole.

Il s'avance vers l'enfant et lui secoue largement les mains :

« J'étais un grand ami d'Archibald. Je suis tellement content de rencontrer son petit-fils ! », lui dit-il, la voix pleine d'émotion.

Arthur est un peu embarrassé de se faire embrasser comme du bon pain par une taupe qu'il connaît à peine.

« Miro ?! Laisse-le ! », lance le Roi, toujours soucieux du protocole.

La petite taupe se ressaisit, s'excuse d'un geste et rejoint sa place.

Arthur vient se mettre face au Roi et se courbe devant lui, très poliment.

« Alors mon garçon, nous t'écoutons ! », lui lance le Roi, que la curiosité démange.

Arthur prend son courage à deux mains et se lance.

- ... Dans deux jours à peine, des hommes vont venir et détruire la maison et le jardin. Ce qui veut dire que mon monde à moi, et le vôtre, seront détruits et recouverts de béton.

Un silence de mort court dans l'assistance, comme un frisson désagréable.

- Voilà un malheur encore plus grand que celui que nous craignions, murmure le Roi.

Sélénia ne tient plus. Elle se retourne et vient bousculer Arthur du bout des doigts.

- Et toi, du haut de tes deux millimètres et demi, tu es venu pour nous sauver, c'est ça ?!, lui balance la princesse avec mépris.

Arthur est surpris par son animosité, lui qui n'a que de l'amour à lui proposer.

- La seule façon d'arrêter ces hommes, c'est de les payer. C'est pour ça que mon grand-père est venu chez vous, il y a maintenant trois ans. Il cherchait un trésor caché dans le jardin qui permettrait de payer nos dettes. Je suis venu finir sa mission et retrouver ce trésor, explique-t-il avec humilité. Il faut dire que la mission lui paraît maintenant beaucoup plus difficile que lorsqu'il en rêvait devant les dessins, calé au fond de son lit douillet.

- Ton grand-père était un homme remarquable, concède le Roi, qui part dans ses souvenirs. Il nous a enseigné tellement de choses ! C'est lui qui, notamment, a enseigné à Miro comment apprivoiser l'image et la lumière.

Miro acquiesce dans un soupir, plein de nostalgie. Le Roi est lancé :

- Il est parti un jour, à la recherche de ce fameux trésor. Après avoir sillonné les sept terres qui forment notre monde, il le trouva enfin... Au milieu des terres interdites, au centre du royaume des ténèbres, au cœur de la cité de Nécropolis.

La salle frissonne en imaginant cette descente aux enfers. Le Roi en rajoute.

- Nécropolis, contrôlée par une puissante armée de séides, elle-même sous l'emprise de leur chef qui règne en maître absolu : le célèbre M... le maudit.

Quelques spectateurs s'évanouissent. On est sensible chez les Minimoys.

- Et malheureusement... Personne ne revient jamais du royaume des ténèbres, conclut le Roi qui cherche apparemment à démoraliser Arthur.

- Alors ? Toujours prêt pour l'aventure ?, lui lance Sélénia, toujours aussi provocatrice.

Bétamèche en a assez et vient s'interposer entre Arthur et Sélénia.

- Laisse-le tranquille ! Il vient d'apprendre qu'il a perdu son grand-père. C'est assez dur comme ça, non ?

La phrase résonne dans la tête d'Arthur. Il ne l'avait pas comprise aussi clairement. Les larmes lui montent aux yeux. Bétamèche comprend qu'il a gaffé.

- Enfin... Je veux dire... On n'a pas de nouvelles et... Personne ne revient jamais... Alors...

Arthur retient ses larmes et gonfle ses petits poumons de courage.

- Mon grand-père n'est pas mort ! J'en suis sûr !, lance-t-il avec assurance.

Le Roi s'avance un peu vers lui, ne sachant comment gérer la détresse de ce petit garçon.

- Mon cher Arthur, je crains malheureusement que Bétamèche n'ait raison. Si ton grand-père est tombé entre les mains de M. le maudit, ou sur l'un des affreux séides qui composent son armée, il y a peu de chances que nous le revoyions un jour !

- Justement ! « M » est peut-être maudit, mais sûrement pas idiot ! Quel intérêt aurait-il à supprimer un vieillard ? Aucun. Par contre, pourquoi ne pas garder avec lui un homme au savoir infini, un pur génie capable de régler toutes sortes de problèmes ?

Le Roi est intrigué par cette hypothèse à laquelle, visiblement, il n'avait pas pensé.

- J'irai au royaume des ténèbres et je retrouverai mon grand-père ainsi que le trésor ! Même si je dois les arracher des griffes de ce satané Maltazard !! , lâche-t-il, dans l'énervement.

Il ne s'est pas rendu compte qu'il vient de prononcer le nom qu'il ne devait jamais prononcer. Le nom qui porte malheur et, comme chacun sait, le malheur ne se fait jamais attendre. Une alarme se déclenche dans toute la ville. Un garde fait irruption au palais et hurle : « Alerte à la porte centrale !! »

116

C'est la panique la plus totale dans l'assistance. On court dans tous les sens, on se bouscule, on s'affole...

Le Roi quitte son trône et se dirige aussitôt vers la porte centrale, entrée principale de la ville.

Sélénia pose sa main sur l'épaule d'Arthur, confus d'avoir créé un tel cataclysme.

« On peut dire que tu as soigné ton entrée !, lui balance la princesse comme un serpent balance son venin. On ne t'a pas prévenu qu'il ne fallait jamais prononcer ce nom ? »

Le pauvre Arthur se tord les mains dans tous les sens.

- ... Si, mais...

- Mais Monsieur n'en fait qu'à sa tête, c'est ça ?

Elle le laisse là, planté comme un piquet, sans lui donner le temps de s'expliquer ni même celui de s'excuser.

Arthur tape du pied par terre, tellement furieux d'avoir gaffé.

La foule se presse devant la porte centrale et les gardes sont obligés de jouer du bâton pour se frayer un passage.

Le Roi et ses deux enfants parviennent jusqu'à l'imposante porte. Miro ouvre une tirette et un petit miroir apparaît, un peu comme un périscope. La taupe s'approche et observe ce qu'il se passe de l'autre côté.

Un long tuyau, tel une gigantesque avenue, s'allonge à l'infini. Tout semble calme.

Miro tourne légèrement le miroir pour observer les côtés.

D'un seul coup, une main tendue apparaît dans l'image. Un cri de stupeur résonne dans l'assistance. Miro tourne la molette du miroir pour baisser l'image. On découvre alors un Minimoy allongé sur le sol, en bien mauvais état.

« C'est Gandolo ! Le bateleur de la grande rivière ! », s'écrie un garde qui a reconnu le pauvre homme. Le Roi se penche vers l'écran pour en avoir le cœur net.

- Incroyable ! On le croyait à jamais perdu dans les terres interdites !, s'étonne le Roi.

- Ça prouve qu'on peut en revenir !, lui répond Sélénia avec malice.

- Oui, mais dans quel état ? Ouvrez vite les portes !, ordonne le Roi.

Arthur jette un œil inquiet sur le bout de miroir, tandis que les gardiens font coulisser les grosses poutres qui bloquent la porte.

Arthur avance davantage. Quelque chose l'intrigue, en bas, à droite de l'image.

Quelque chose d'étrange, comme un angle qui se décolle.

« Arrêtez ! », hurle Arthur. Tout le monde se fige dans sa position.

Le Roi se retourne vers l'enfant et l'interroge du regard.

- Sire, regardez là. On dirait un morceau qui se décolle.

Le Roi se penche et constate par lui-même.

- Euh... oui effectivement. Mais ce n'est pas très grave. On le recollera plus tard, dit-il sans comprendre.

- Sire, c'est une toile peinte ! Et c'est un piège ! Mon grand-père utilisait cette méthode en Afrique pour se protéger des bêtes féroces !, lui explique Arthur.

- Mais nous ne sommes pas des bêtes féroces !, rétorque Sélénia. Et nous n'allons sûrement pas laisser mourir ce malheureux ! Et puis s'il revient des terres interdites, il a sûrement plein de choses à nous apprendre ! Ouvrez les portes !, ordonne la princesse.

À l'extérieur, Gandolo rampe au sol, la main en avant. Il implore, il supplie, mais il est difficile d'entendre ce qu'il dit. À moins qu'il ne le dise à l'oreille.

- N'ouvrez pas la porte ! C'est un piège !, murmure-t-il dans un souffle.

Personne n'a entendu la prière de Gandolo et les gardes s'activent à ouvrir le lourd portail.

On hésite cependant à se ruer au secours du pauvre bateleur.

Sélénia se dévoue et s'avance, seule et fière, bravant un danger qu'elle ne connaît pas encore.

« Sois tout de même prudente, ma fille », insiste le père, dont la carrure imposante est inversement proportionnelle à son courage.

- Si les séides devaient débarquer, on les verrait arriver de loin !, rétorque la princesse, sûre d'elle-même.

Il est vrai qu'à première vue, l'énorme tuyau vide s'étend à l'infini.

À première vue seulement. Et Arthur est persuadé qu'il s'agit bien d'un piège, dans lequel sa princesse préférée est en train de s'enferrer.

- Ne faites pas ça, princesse Sélénia, lui murmure Gandolo.

La jeune femme s'avance davantage, comme attirée par cette voix qu'elle ne peut que deviner.

Arthur n'en peut plus. Il arrache une torche des mains d'un garde et la lance de toutes ses forces. La torche enflammée passe au-dessus de la tête de Sélénia et rebondit, en pleine course, sur une toile peinte jusqu'ici invisible.

C'est la stupéfaction dans l'assistance. Arthur avait raison. Sélénia n'en croit pas ses yeux. La torche tombe à terre et met instantanément le feu à la gigantesque toile, qui s'embrase comme de la paille.

« Oh mon Dieu ! », lance Sélénia en regardant le mur de flammes consumer la toile. Arthur arrive à toute vitesse et la bouscule. Il attrape Gandolo par les jambes.

- Sélénia ?! Réveille-toi ! Il faut le sortir de là !, lui hurle Arthur pour couvrir le bruit des flammes.

La princesse sort de son état de choc et attrape le blessé sous les bras.

- Fermez les portes !, ordonne le Roi, d'une voix affolée.

Arthur et Sélénia courent comme ils peuvent, encombrés par le corps de ce pauvre Gandolo.

La toile est presque entièrement consumée quand un dernier gros morceau tombe au sol, laissant apparaître une armée de séides.

- Oh mon Dieu !, s'écrie la princesse devant cette vision d'horreur.

Le feu est encore trop intense et les séides s'impatientent de l'autre côté du cadre. Ils sont une centaine, plus laids les uns que les autres. Le guerrier séide est une espèce d'insecte, transfuge d'un croisement dont personne ne veut connaître l'origine. Leurs armures sont faites de coques de fruits pourris. Ils ont des armes en tous genres, principalement des épées. Pour l'occasion, ils ont emporté les célèbres « larmes de la mort ». Ce sont des gouttes de pétrole, retenues par un tressage en corde et montées au bout d'une fronde. On allume la tresse, on la jette et cela propage une langue de feu sur tout ce qui bouge et même sur ce qui ne bouge pas.

Les séides ont chacun une monture. Ce sont des moustiks. Dressées et harnachées pour la guerre, ces bêtes ont été lobotomisées dès leur naissance pour être plus dociles.

La rumeur dit que l'intervention n'est pas douloureuse pour l'animal, vu qu'il n'y a pas grand-chose à lobotomiser.

Mais le chef séide n'est pas là pour poser en attendant qu'on le décrive, et il décide de lancer l'assaut malgré le feu encore intense.

Il lève son épée dans les airs et pousse un cri immonde.

La centaine de séides reprend joyeusement le cri en chœur.

« Dépêche-toi Sélénia !! », hurle Arthur, tandis que les portes se ferment et que les premiers moustiks lui passent au-dessus de la tête.

Sélénia réunit toutes ses forces et parvient à l'intérieur.

Le Roi se jette sur la porte et vient, de ses bras puissants, finir le travail des gardes.

Plusieurs moustiks viennent s'écraser sur la porte fermée, tandis que les gardiens font coulisser les poutres de sécurité. Malheureusement, une dizaine de moustiks sont parvenus à entrer dans la cité et tournent déjà dans les airs.

C'est la panique dans la ville, chacun essayant de rejoindre son poste de combat.

Les séides ont levé leurs « larmes de la mort » et les font tourner autour de leurs têtes. Les moustiks piquent vers le sol, comme des zéros sur des bateaux, et les boules de feu explosent au sol, laissant d'immenses traînées qui embrasent tout sur leur passage. C'est Pearl Harbor.

« Il faut se battre Arthur ! Jusqu'au bout ! », lance fièrement Bétamèche.

- Je veux bien, mais avec quoi ?!, lui dit l'enfant, totalement perdu.

- Tu as raison ! Tiens !, lui répond Bétamèche en lui donnant son bâton. Je vais chercher une autre arme !

Bétamèche part en courant, laissant Arthur avec son bâton.

Les séides s'en donnent à cœur joie et ponctuent leur ballet aérien de largages de bombes.

Une boule de feu vient heurter le souverain par derrière. Le grand homme trébuche et s'écroule à terre, en deux morceaux.

Arthur pousse un cri de stupeur, mais Sélénia ne semble pas plus inquiète que ça.

Elle aide son père à se relever tandis que Palmito, son fidèle malbak, se redresse tout seul.

Palmito est un gros animal en fourrure à la tête plate, ce qui est plus pratique pour l'accrocher au siège royal. C'est lui qui sert de corps au Roi afin de lui procurer la force et l'assurance nécessaires à sa tâche car dans la réalité, le Roi n'est qu'un petit vieux, bien plus petit que sa fille qui tendrement l'époussette.

« Tu n'as rien ? », demande fébrilement le Roi à son compagnon de marche.

Palmito fait non de la tête et esquisse un sourire, comme pour s'excuser d'être tombé aussi facilement.

- Rentre au palais !, lui dit le Roi. Ta belle et grande fourrure est une cible trop facile pour les larmes de la mort !

Le malbak hésite à quitter son maître.

- Dépêche-toi ! File !, lui ordonne le Roi.

Palmito, tout penaud, disparaît dans le palais.

Le Roi observe un instant la débâcle qui règne dans la ville et le ballet aérien des moustiks, digne de la bataille d'Angleterre.

« Organisons la riposte ! », lance le Roi, volontaire.

Chacun récupère ce qu'il peut pour éteindre les feux qui naissent partout.

Les mères ramassent les enfants et les glissent dans des trappes prévues à cet effet.

Sur le flanc gauche, une dizaine de Minimoys ont sorti une catapulte artisanale.

Le chef de la manœuvre met son casque et s'assied dans son petit siège de tir. Il actionne son viseur qui vient se placer devant lui.Un chargeur de groseilles libère les grains, un par un, dans une cuiller en bois reliée à un complexe système de ressorts.

Le chef suit un moustik dans son viseur, puis déclenche le tir. Une groseille trace vers le ciel. Rate son moustik. Automatiquement, le chargeur lâche une nouvelle groseille dans la cuiller.

Miro a rejoint son poste de contrôle des miroirs. Il vérifie son réseau de leviers en consultant ses bouliers.

Sur le flanc droit, Bétamèche sort d'une maison, avec deux petites cages à la main. Chacune contient le même animal: des sortes de boules blanches ressemblant aux fleurs de pissenlits qu'on souffle dans les champs. Ce sont des Mül-mül, qui poussent d'adorables petits cris. Des cris d'amour, comme chacun le sait, puisque les Mül-mül sont bien connus pour l'amour intarissable qu'ils éprouvent l'un pour l'autre.

« Allez les tourtereaux ! Ça va être le moment de prouver que vous vous aimez vraiment ! », lance Bétamèche en confiant l'une des cages à l'un de ses collègues.

« Tu ne le libères qu'à mon coup de sifflet !! », lance-t-il au collègue avant de partir en courant à travers la ville, ravagée par le feu des séides.

Le chef de tir catapulte à nouveau une groseille qui, malheureusement, rate une nouvelle fois sa cible. Le séide, vexé d'avoir été tiré comme un vulgaire pigeon, pique vers la catapulte et largue une « boule de mort ». Lui aussi rate sa cible et la boule fauche Arthur au passage. Le garçon s'envole sur quelques mètres et retombe à cheval sur une groseille, fraîchement arrivée dans sa cuiller.

Le chef de tir ne l'a évidemment pas vu, trop absorbé par le moustik qu'il suit dans son viseur.

« Oh non ! », lâche Arthur, réalisant dans quelle position délicate il se retrouve.

Le chef actionne son clapet et la groseille s'envole, ainsi qu'Arthur.

Les deux projectiles traversent le ciel de la ville, en direction d'un moustik imprudent.

« Vous avez vu ? Arthur ?! Il vole ! », s'étonne le chef de tir.

- C'est toi qui l'a envoyé dans les airs, imbécile !, répond son supérieur.

Le séide voit la groseille arriver sur lui. Il a juste le temps de baisser la tête et de l'éviter de justesse. Par contre Arthur s'étale sur l'arrière du moustik, déséquilibrant l'animal pendant un instant.

Le séide se retourne pour constater les dégâts et aperçoit Arthur qui se cramponne comme il peut aux fesses du moustik. Pour faire bonne figure, l'enfant met son bâton en avant et prend l'air vaguement méchant.

Le séide lui sourit et sort une épée monstrueuse, taillée dans l'acier. Le guerrier se met debout sur sa monture et avance vers l'enfant avec la ferme intention de le couper en deux.

L'enfant essaye, tant bien que mal, de se tenir debout aussi, mais ce n'est pas facile avec ce moustik qui surfe dans les airs comme une otarie dans les vagues.

Le guerrier lève le bras et frappe Arthur de toutes ses forces. L'enfant se baisse au dernier moment et le bras du séide, entraîné par le poids, s'enroule autour de son cou et l'étouffe à moitié. Du coup, il perd l'équilibre et tombe de sa monture à la grande surprise d'Arthur. Le voilà donc obligé de prendre les commandes de l'animal.

Arthur attrape une rêne dans chaque main et tente de ne pas céder à la panique.

« Bon ! Ça doit pas être plus compliqué que la voiture de Mamie !, se dit-il sans être vraiment convaincu... Pour aller à gauche... il suffit sûrement de tirer à gauche. »

Arthur tire légèrement sur la rêne de gauche, mais « légèrement » n'est pas dans le vocabulaire du moustik, qui se met instantanément à voler sur le dos.

Arthur tombe en hurlant et se rattrape, in extremis, aux extrémités des rênes emmêlées dans son bâton. L'animal vole n'importe comment, perdu dans les indications confuses que lui donne son pilote.

Le moustik part en piqué et fait du rase-mottes au-dessus de la ville.

« Attention Bétamèche ! », hurle l'enfant, à deux doigts d'assommer son ami avec ses jambes pendantes.

Bétamèche s'est jeté à terre, mais déjà Arthur remonte dans les airs.

Aussitôt, il est pris en chasse par un autre séide.

Miro l'a vu et oriente son siège en direction des deux moustiks qui longent la paroi. Arthur, toujours pendu au bout des rênes, guide l'animal comme il peut. Derrière lui, le séide a sorti son épée et la brandit au-dessus de sa tête.

Miro repère leurs trajectoires et actionne un miroir, qui surgit brutalement du mur, juste après le passage d'Arthur. Son poursuivant le prend en pleine figure, stoppé net dans sa course.

Un autre séide, qui vient de voir son collègue se faire « miroiter », monte au plafond de la grotte et vole en rase-mottes.

« Faites attention aux parois, hurle-t-il à ses camarades de combat. Il y a des pièges dans les murs ! Volez plutôt au plafond, c'est plus s... »

Il n'aura pas le temps de finir. Miro lui décoche un miroir du plafond, comme on décoche un uppercut. Le séide le prend de plein fouet. Le choc est si violent que ça l'arrache de sa monture, qui continue sans lui.

Bétamèche, tout essoufflé, a traversé la ville avec sa petite cage et il s'enfonce de quelques mètres à l'intérieur du tunnel qui mène à la salle des passages.

Il reprend un instant son souffle et puis sort son beau sifflet. À l'autre bout de la ville, son collègue a attendu le signal et il ouvre la petite cage. Le Mül-mül s'envole aussitôt, à la recherche de sa femelle.

Le petit animal tourne dans les airs, affolé comme un chien pas sûr de son flair.

Puis il trouve enfin la direction et fonce au-dessus de la ville.

La boule blanche passe à toute vitesse devant un moustik

qui change immédiatement de direction, sans que son cavalier lui en ait donné l'ordre.

« Qu'est-ce que tu fais, abruti ? », demande le séide à sa monture.

Elle suit le Mül-mül, de loin son repas favori. Le séide a beau tirer les rênes dans tous les sens, rien n'y fait. Estomac vide n'a pas d'oreilles.

« Mais c'est pas l'heure de manger, crétin à six pattes ! »

Le moustik n'a que faire de ces insultes. Il ne voit que cette appétissante petite boule blanche qui l'entraîne en direction du tunnel, beaucoup trop étroit pour lui.

« Non ! », hurle le séide qui vient seulement de comprendre dans quelle sorte de piège il est tombé.

Le Mül-mül s'engouffre dans le boyau pour rejoindre sa femelle, et le moustik fracasse tout ce qui dépasse en voulant le suivre.

Bétamèche ouvre sa cage et le mâle rejoint immédiatement sa femelle qui se jette amoureusement dans ses bras. Evidemment, ce n'est qu'une expression, puisque les Mül-mül n'ont pas de bras.

« Bien joué, les amoureux », lance Bétamèche qui repart en courant pour se remettre en place.

Arthur pend toujours au bout de ses rênes et un nouveau séide le prend en chasse. Le guerrier sort sa lourde épée et s'apprête à couper notre héros en rondelles. C'est vrai que, pendu comme ça, il a tout du saucisson.

Le séide se rapproche, l'épée tourne dans les airs, Arthur voit sa fin arriver.

Le guerrier frappe un grand coup. Arthur lève les jambes et l'épée se prend dans les rênes.

« Pardon », lance Arthur, poli en toutes circonstances.

Furieux, le séide tente de dégager son arme en tirant dessus.

Le moustik prend évidemment ce mouvement d'humeur pour une indication de route et il se cabre.

Le séide, ne voulant pas lâcher son épée, se retrouve arraché de sa monture.

Arthur perd l'équilibre, lâche les rênes, tombe et se retrouve à cheval sur le moustik de son poursuivant, qui ne sera pas resté longtemps sans maître.

Arthur reprend un peu ses esprits et attrape ses nouvelles rênes qu'il enroule sur son bâton.

« Bon !... Deuxième essai ! », se lance-t-il pour se donner du courage.

Cette fois-ci, il tire très lentement sur la lanière de cuir et le moustik exécute un magnifique et large virage à gauche. La force centrifuge est impressionnante, mais notre héros tient le coup.

« Wouah ! Ça y est, j'ai pigé ! À moi la bataille ! », hurle-t-il avec ferveur, avant de se prendre une groseille en pleine poire. Il perd le contrôle de son moustik, endommagé par le tir.

- Je l'ai eu !, se réjouit le tireur, accroché au flanc de la catapulte.

- Mais c'est Arthur que tu as dégommé, abruti !, lui rétorque son chef.

Arthur et son monstre incontrôlable foncent droit sur un autre séide, qui brandit une « boule de mort ».

- Attention !, crie Arthur au séide, qui n'aura que le temps de voir la catastrophe lui arriver dessus.

Les deux montures se télescopent et la boule de mort éclate sur le moustik d'Arthur.

Heureusement, notre héros a eu la bonne idée de sauter dans le vide avant la collision. Mais maintenant, il se demande si c'était finalement une si bonne idée que ça, car, vu sa nouvelle taille, il est en train de tomber de cent mètres de haut.

Heureusement, il tombe de nouveau à cheval sur un moustik sans pilote.

Il est sauvé, avec juste un petit problème à régler : il est assis dans le mauvais sens et ne voit absolument pas où sa nouvelle monture l'entraîne.

Son ancienne monture a pris feu et descend en piqué vers le Roi. Sélénia l'a vue.

« Attention ! », hurle-t-elle en se précipitant sur son père.

Le vieil homme trébuche sous le poids de sa fille, qui se jette sur lui comme une couverture.

Le moustik touche le sol et explose, dans une longue traînée de feu.

« Ça va, père ? », s'inquiète aussitôt Sélénia.

- Ça va aller, lui répond le Roi, affaibli. Mais je préfère pour l'instant rester allongé. C'est mieux pour regarder le spectacle, plaisante-t-il, se sachant incapable de se relever pour l'instant.

Sélénia lui sourit et reste à ses côtés.

Arthur joue les acrobates et parvient à se remettre dans le sens de la marche.

« Bon ! Voyons si j'ai fait des progrès ! », dit-il en attrapant à nouveau les rênes.

Arthur donne des petits coups secs. Le moustik réagit mieux qu'une Ferrari.

« Voilà qui est mieux ! », lance le petit homme, de plus en plus sûr de lui.

Il se met immédiatement en chasse, derrière un séide.

Le Roi l'a aperçu.

« Sélénia ? Regarde ! », dit-il à sa fille en pointant l'enfant du doigt.

La jeune princesse cherche un instant dans le ciel et aperçoit notre héros à la poursuite du séide.

Elle en reste bouche bée, partagée entre la jalousie et l'émerveillement.

Arthur parvient à glisser sa monture juste au-dessus de celle du séide.

L'enfant se racle la gorge pour attirer l'attention du guerrier. Ce dernier lève la tête et aperçoit Arthur. Lui aussi en reste bouche bée.

« Besoin de munitions ? », demande l'enfant avec humour. Puis il tire sur la corde qui retenait toutes les boules de mort. Le séide attrape comme il peut les premières, mais il ressemble à un skieur face à une avalanche. Il perd très vite le contrôle de son moustik qui vient s'exploser contre la paroi. Arthur a fait un virage très serré pour éviter le choc, comme un véritable pilote de chasse.

« Quelle bravoure ! Quelle audace ! », commente le Roi. C'est fou comme il me ressemble !

La phrase lui a échappé : « ... Je veux dire : j'étais comme lui à son âge, vaillant, volontaire, valeureux... »

- Et déjà velu ?, lui fait sa fille, toujours prête à balancer.

Le Roi se racle la gorge et change de conversation.

- Il ferait un bon partenaire.

- Papa !! Je suis assez grande pour me débrouiller toute seule maintenant, j'ai pas besoin d'un chaperon !, réplique sa fille, excédée comme seuls les ados savent le jouer.

- J'ai rien dit ! J'ai rien dit !, rétorque le Roi en s'excusant.

Arthur est fier comme un pou aux commandes de son moustik qui n'a plus de secrets pour lui.

« À qui le tour ?! », dit-il plein de bravoure, au moment où un Mül-mül passe à toute allure devant lui.

Son moustik est immédiatement hypnotisé et se rue à la poursuite de son plat favori. Arthur a bien failli se faire éjecter de sa monture, tellement le virage a été violent.

« Eh ?! Mais qu'est-ce qu'il te prend ?! », se demande Arthur, constatant qu'il n'a pas encore percé tous les secrets du moustik.

Il a beau tirer les rênes dans tous les sens, rien n'y fait. Son moustik ne s'arrêtera que lorsqu'il aura croqué le Mül-mül.

Bétamèche attend sa proie au fond du goulet, quand il aperçoit le pauvre Arthur pris au piège, fonçant vers le tunnel.

« Oh non ! Pas lui ! », s'écrie Bétamèche, tétanisé.

Miro voit la scène de loin. Il fait pivoter son siège et se prépare à un éventuel sauvetage.

« Le pauvre ! Il va se fracasser ! », lance le Roi avec terreur.

Même Sélénia semble inquiète pour Arthur et c'est bien la première fois.

« Arthur ?! Saute ! », lui hurle Bétamèche.

L'enfant n'entend pas. Il tire tant qu'il peut sur les rênes qui finissent par lâcher.

Arthur part en arrière et tombe, malgré lui, de l'animal.

« Arthur ?! », hurle Sélénia, les mains sur le visage. Arthur se raccroche miraculeusement à un bout de racine qui pend du plafond.

Le Mül-mül s'engage dans le petit tunnel et le moustik, qui était à sa poursuite, s'éclate contre les parois et finit en version « coupé-décapotable ».

Chapitre II

Sélénia est soulagée et lâche un soupir qui la trahit. Elle se tourne vers son père qui la regarde en souriant. Il a senti le petit faible de sa fille pour le jeune héros. Se sentant démasquée, elle jette un regard noir à son père.

« Quoi ? », demande-t-elle, froide comme un pic à glace.

– J'ai rien dit !, répond le Roi, en levant les bras comme s'il était déjà en état d'arrestation.

Au fond de sa nacelle, Miro sourit aussi en regardant ce petit bout d'chou qui pend au plafond, gesticulant comme un singe.

« Il me plaît bien ce petit ! », concède-t-il.

Bétamèche s'est rapproché d'Arthur, qui est presque à la verticale.

« Arthur ?! Ça va ?! », hurle-t-il, dans la direction de son ami.

– Impeccable !, lui répond l'enfant, au bord de l'épuisement. À peine a-t-il fini de parler que la racine s'allonge et finit par céder.

Arthur pousse un cri qui n'en finit pas, comme sa chute.

Miro est sur le coup. Il actionne ses poignées les unes après les autres.

Un premier miroir sort du mur et récupère Arthur, qui glisse sur un deuxième miroir tout juste apparu. La glissade se prolonge sur un troisième miroir, puis un quatrième. Miro ouvre les miroirs au fur et à mesure et Arthur glisse à toute vitesse, comme s'il descendait des escaliers sur les fesses.

L'enfant rebondit d'une marche à l'autre et finit en vrac sur le sol poussiéreux.

Miro est soulagé, tout comme le Roi. Et tout comme Sélénia, dont le visage s'illumine.

Arthur a le dos en compote, il récupère son bâton et s'en sert pour se relever.

De loin, on dirait un petit vieux penché sur sa canne.

« ... À bien y réfléchir... C'est vrai qu'il te ressemble ! », lance Sélénia avec humour.

Bétamèche vient au secours de son ami.

- Ça va ? Rien de cassé ?, s'inquiète le Minimoy.

- Je ne sais pas. Je ne sens plus mes fesses !

Bétamèche pouffe de rire.

Le ciel de la ville s'est dégagé et beaucoup de moustiks se sont fait descendre.

Il n'en reste, en fait, plus que deux qui surgissent de nulle part et atterrissent aux pieds du Roi.

Sélénia s'est instinctivement postée devant son père. Les deux séides descendent de leur monture et défouraillent leur épée.

« T'inquiète pas. C'est pas le Roi qu'on veut... c'est toi ! », dit le séide en ricanant.

- Vous n'aurez ni l'un, ni l'autre !, rétorque bravement la princesse, en sortant un ridicule poignard. Les séides ricanent de plus belle, puis se ruent sur elle en hurlant.

Charger et hurler sont probablement les deux seules choses qu'un séide sache bien faire. Le combat est donc inégal.

Sélénia réussit quelques passes, repousse quelques assauts, mais un mauvais coup fait voler son poignard en éclats.

La voilà à terre, à la merci des deux guerriers souriant comme des cages d'escaliers.

« Vas-y, attrape-la ! », lance l'un d'eux.

- Eh ?!, hurle-t-on dans leur dos. Les deux séides se retournent et découvrent Arthur, la main armée de son fidèle bâton.

- Vous n'avez pas honte de vous attaquer à une femme ?

- Non !, reprend un séide après réflexion et avant de glousser bêtement.

- Prenez plutôt un adversaire à votre taille !, réplique Arthur en serrant les mains sur son pauvre bâton.

- Tu vois un adversaire à notre taille, toi ?, dit le séide en tournant sur lui-même.

- Non !, lui répond son collègue, pouffant de rire.

Arthur, vexé, gonfle ses petits poumons et charge les séides, son bâton en avant.

Le guerrier fait tourner son épée à la vitesse du son, et coupe le bâton d'Arthur à ras le manche. L'enfant s'arrête, bloqué net dans son élan.

- Vas-y, finis-le, je m'occupe de la fille !, balance l'autre séide, sans humour.

Arthur recule et évite, comme il peut, les puissants coups d'épée.

Sélénia se colle devant son père, prête à sacrifier sa vie pour lui. Mais le séide n'a que faire des sacrifices. Tout ce qu'il veut, c'est récupérer la princesse.

Arthur est furieux, frustré, anéanti par toutes ces injustices qu'il supporte maintenant depuis si longtemps. Où est donc ce bon Dieu qui nous défend du mal ? Où sont donc ces adultes et leurs belles paroles sur la justice, sur ce qui est bien et ce qui est vilain ? Il n'y a que du noir autour d'Arthur et il n'en peut plus.

Il trébuche sur une grosse pierre, sa main se raccroche à la poignée de l'épée magique. Est-ce un signe de la providence ? Une réponse à ses questions ?

Arthur n'en sait rien. La seule chose qu'il sait, c'est qu'une épée lui serait bien utile, et que celle-ci n'a rien à faire dans une pierre.

Arthur attrape l'épée et la dégage comme si elle était fichée dans du beurre.

Le Roi n'en croit pas ses yeux. Sélénia a la bouche ouverte.

« Miracle ! », lance Miro, dans un souffle.

Les deux séides regardent Arthur avec méfiance, se demandant comment il a pu réussir ce tour de magie. Mais comme toute réflexion, chez un séide, se termine par un assaut, les deux guerriers repartent à l'attaque.

Arthur lève son épée et engage le combat. À sa grande surprise, l'épée lui paraît légère et il exécute des parades sans même les avoir apprises. Il se bat avec grâce et légèreté, comme il le ferait dans un rêve.

Bétamèche s'est rapproché de Miro.

« Où a-t-il appris à se battre comme ça, lui ?! », s'étonne le petit prince.

– C'est l'épée qui lui donne ce pouvoir, répond Miro. Elle multiplie la force du juste.

Les deux séides ont vite épuisé toutes leurs passes et ne savent plus comment s'y prendre. Arthur accélère et à chaque nouvel échange, il coupe davantage les épées des séides. Très vite, les deux guerriers n'ont plus que des manches dans les mains et préfèrent arrêter le combat.

Arthur en profite pour reprendre son souffle et afficher un sourire de vainqueur.

« ... À genoux maintenant ! Et demandez pardon à la princesse ! », ordonne l'enfant.

Les deux séides se regardent et partent en courant vers leurs montures, histoire d'échapper à cette humiliation.

Arthur se précipite sur les moustiks et leur tranche les pattes avant d'un coup d'épée. Les deux séides basculent en avant, roulent au sol et se retrouvent à genoux par terre.

« J'ai dit : à genoux ! », insiste Arthur en les menaçant de la pointe de son épée.

Sélénia s'avance lentement et vient se poster devant les deux guerriers, tout penauds.

- Pardon..., dit le premier.

- Princesse, finit le deuxième.

Sélénia lève le menton, comme seules savent le faire les princesses.

- Gardes ! Qu'on emmène les prisonniers vers le centre de déconditionnement !, lance le Roi au milieu de la place pratiquement déserte.

Quelques gardes font timidement leur apparition et embarquent les deux séides.

Le Roi s'est rapproché d'Arthur, sûrement pour le féliciter.

- C'est quoi, un centre de déconditionnement ?, demande Arthur, peu enclin aux compliments.

- C'est un mal nécessaire, lui répond le vieil homme. Je n'aime pas leur faire subir ce genre d'épreuve, mais c'est pour leur bien. Après ce traitement de choc, ils redeviennent ce qu'ils étaient avant : de simples et gentils Minimoys.

Arthur regarde les prisonniers s'éloigner, la gorge serrée à l'idée de l'épreuve qui les attend.

Bétamèche vient taper dans le dos d'Arthur.

- Tu t'es battu comme un chef ! C'était incroyable !

- C'est cette épée. Elle est tellement légère, tout paraît facile !, explique modestement l'enfant.

- Ben oui ! C'est une épée magique ! Ça faisait des années qu'elle était dans la pierre, et toi tu l'as sortie !, lui annonce Bétamèche, tout excité.

- Ah bon ?, lui répond Arthur tout étonné, en regardant son épée.

Le Roi s'approche de lui, un sourire très paternel au coin des lèvres.

- Eh oui Arthur ! Tu es un héros maintenant. Arthur le héros !

Bétamèche reprend la phrase à son compte et se met à hurler, fou de joie :

- Vive Arthur-le-héros !

Le peuple, qui peu à peu a réapparu, commence à applaudir, à crier sa joie en scandant le nom de son héros.

Arthur lève timidement les bras, visiblement embarrassé par sa soudaine popularité.

Sélénia profite de l'euphorie générale pour convaincre son père :

- Maintenant que l'épée est sortie de la pierre, il n'y a plus une seconde à perdre !, insiste la princesse. Je te demande la permission de poursuivre ma mission.

Le Roi regarde cette foule en liesse, joyeuse et de nouveau insouciante, mais pour combien de temps ?, se demande-t-il.

Il pose un regard plein d'affection sur sa jeune fille, même si elle est déjà plus grande que lui.

- Je suis malheureusement d'accord avec toi, ma fille. La mission doit se poursuivre et tu es la seule, parmi nous, à pouvoir la mener à bien.

Sélénia laisserait bien éclater sa joie, mais la gravité du sujet (ainsi que le protocole) l'obligent à se contenir.

- J'y mets cependant une condition, ajoute le Roi, provoquant un suspense qui n'est pas pour lui déplaire.

- Laquelle ?, s'inquiète la princesse.

- Arthur est brave et valeureux. Son cœur est pur et son combat est juste. Il t'accompagnera.

La phrase est nette et sans équivoque. Toute discussion serait inutile, Sélénia le sait déjà.

Elle baisse les yeux et accepte gentiment la décision de son père, ce qui n'est pas dans son habitude.

- Je suis fier de toi ma fille, avoue son père ravi. Je suis sûr que vous allez faire une bonne équipe tous les deux !

Il y a une heure à peine, elle aurait pris cette condition

comme le pire des affronts. Mais Arthur s'est bien battu et a sauvé son père. Il y a autre chose aussi, qu'elle n'osera jamais s'avouer : une petite porte s'est ouverte dans son cœur, poussée par un souffle chaud, un petit courant d'air plein de tendresse. Une petite porte par laquelle Arthur s'est glissé. Elle lève doucement les yeux et son regard se pose sur son nouveau partenaire. Les deux enfants se regardent, presque pour la première fois.

Arthur sent bien que quelque chose a changé, mais il lui faudra grandir pour pouvoir le définir. Il lance un sourire timide à Sélénia, un peu gêné, comme pour s'excuser d'être son partenaire imposé.

Les yeux de Sélénia s'allongent, comme ceux des chats quand ils s'apprêtent à ronronner, et elle lui renvoie un joli sourire.

La porte centrale de la ville s'ouvre légèrement. Un garde y passe la tête et vérifie que le tunnel est vide. Il s'avance légèrement vers l'extérieur et décoche une flèche enflammée. Le projectile traverse le tunnel, éclairant au passage les parois suintantes.

La flèche se plante dans le sol, à bonne distance. Il n'y a pas de toile peinte.

- La voie est libre, hurle le gardien en se tournant vers la porte, qui s'ouvre aussitôt en grand.

Tout le peuple Minimoy est là, réuni pour dire un dernier adieu à sa princesse et à son héros.

Arthur glisse l'épée dans un magnifique fourreau en cuir qu'il ne peut s'empêcher d'admirer.

Miro vient gentiment lui mettre la main sur l'épaule. Il a l'air tout chose.

- Je sais que tu vas à la recherche de ton grand-père, mais...

Miro hésite, se tortille, puis se lance.

- Si jamais, dans tes recherches, tu tombes sur une petite taupe à lunettes qui répond au nom de Milo... C'est mon fils. Il a disparu depuis trois mois maintenant... Probablement les séides...

Miro baisse la tête, comme si la tristesse était trop lourde à porter.

- Tu peux compter sur moi, lui dit Arthur sans même hésiter.

Miro lui sourit, émerveillé par l'énergie et la candeur de ce jeune héros.

- Merci Arthur. Tu es un bon garçon, répond-il.

Bétamèche est un peu plus loin et s'apprête à mettre son sac à dos. Deux gardes soulèvent l'énorme besace, tandis que Bétamèche se glisse dans les bretelles.

- Tu es sûr que tu n'as rien oublié ?, dit l'un des gardes avec humour.

- Sûr ! Allez-y, lâchez tout !

Les deux gardes, déjà essoufflés, lâchent le sac et Bétamèche, entraîné par le poids, part en arrière et s'écroule au sol comme une tortue sur le dos.

Les deux gardes sont pliés de rire, le Roi aussi, tandis que Sélénia soupire.

- Père ? Bétamèche doit vraiment nous accompagner ? J'ai peur qu'il nous retarde et nous avons déjà si peu de temps !

- Même s'il est encore jeune, Bétamèche est le prince de ce royaume et il sera amené lui aussi un jour à gouverner !, lui répond le Roi. Il doit lui aussi prouver sa bravoure et apprendre à travers les épreuves.

Sélénia est vexée et se met à bouder aussitôt, ce qui prouve qu'elle est de nouveau très en forme.

- Très bien ! Il n'y a plus de temps à perdre ! Adieu !, lance-t-elle en tournant les talons, sans même prendre le temps d'embrasser son père.

Elle se dirige vers la grande porte et passe devant Arthur.

- Allons-y !, lui fait-elle sans s'arrêter.

Arthur adresse un petit signe d'adieu à Miro et rattrape Sélénia.

Bétamèche vide son sac de quelques objets inutiles quand il voit partir sa sœur.

- Eh ? Attendez moi !, hurle-t-il en remettant son sac à dos sans prendre le soin de le refermer.

Il rejoint ses camarades en courant, perdant tout un tas d'ustensiles apparemment inutiles.

Sélénia est déjà dans l'immense tuyau. Bétamèche rattrape son retard.

- Eh ? Vous pourriez m'attendre tout de même !?, se plaint-il.

- Excuse-nous, on a un peuple à sauver !, lance la princesse comme un jet d'acide.

Les trois s'éloignent dans l'obscurité du tuyau. Seule la torche qu'Arthur a pris soin d'emporter éclaire un peu la route et forme une petite boule de lumière qui s'éloigne.

Derrière eux, le peuple Minimoy leur adresse les derniers signes d'adieu, tandis que les gardes referment les lourdes portes.

Un claquement sourd et hermétique vient marquer la fermeture.

Le Roi soupire devant cette porte qui lui a volé ses enfants.

- J'espère qu'ils sauront éviter les séides !, souffle-t-il à Miro. D'ailleurs, à propos de séides, où en sont nos prisonniers ?, s'interroge le Roi.

- Ils sont tenaces, mais ça progresse, lui répond la taupe.

Les deux séides en question ont quitté leurs armures et trempent dans une immense baignoire pleine de mousse multicolore. De jolies Minimoys font des bulles aux formes diverses, tandis que d'autres dansent lascivement sur un air de tamouré. L'ambiance est chaude, douce et enivrante, de quoi ramollir nos deux morceaux de granit.

Deux charmantes Minimoys s'avancent et leur tendent de somptueux cocktails.

- ... Nan !!, répondent-ils en chœur.

C'est pas gagné.

Chapitre 12

L e tuyau dans lequel nos trois héros déambulent paraît maintenant plus glacial, plus sombre et plus inquiétant. Les parois suintent de partout et chaque goutte qui tombe du plafond éclate au sol avec fracas, comme autant de bombes lâchées du ciel.

- Sélénia, j'ai un peu peur !, finit par lâcher Bétamèche, collé à sa sœur.

- Eh bien reste à la maison ! On te racontera l'histoire quand on sera de retour !, lui répond-elle avec son arrogance naturelle. Toi aussi tu veux faire demi-tour ?, demande-t-elle à Arthur.

- Pour rien au monde !, répond-il sans hésiter. Je veux rester avec toi, je veux dire... pour te protéger !

Sélénia lui arrache le fourreau des mains et se l'attache à la ceinture.

- Avec ça, je suis protégée ! Ne t'inquiète pas pour moi !, lui dit-elle en ajustant l'épée magique.

- C'est quand même grâce à lui que l'épée est sortie de la pierre !, lance Bétamèche dans un souci de vérité.

- Oui. Et alors ?, répond négligemment la princesse.

- Alors la moindre des choses serait de dire : merci Arthur ! Sélénia lève les yeux au ciel.

- Merci Arthur d'avoir sorti l'épée « royale » qui, comme son nom l'indique, ne peut être portée que par la famille « royale » ! Tu n'es pas encore roi à ce que je sache?

- Euh... non, répond Arthur, un peu perdu.
- C'est donc à moi de la porter !, conclut-elle en accélérant le pas.
Les deux garçons se regardent, un peu atterrés. Ça va pas être facile de faire le voyage avec cette petite peste.
- On va passer par la surface et prendre un transporteur. On gagnera du temps !, ajoute la princesse, comme un ordre.
Sélénia grimpe sur une jointure de tuyau et se hisse, par un petit trou, vers la surface.

Nos trois héros se retrouvent dans une forêt de hautes herbes, touffues, immenses, quasiment impénétrables.
Pourtant il ne s'agit que d'un carré de pelouse perdu au milieu du jardin, face à la maison.
La fenêtre du deuxième étage est toujours ouverte. Une brise légère, comme elles le sont au printemps, vient caresser la joue de la grand-mère qui, péniblement, sort de son profond sommeil.
« J'ai dormi comme une pierre ! », dit-elle d'une voix rocailleuse en se frottant la nuque.
Elle enfile ses chaussons et traîne les pieds jusqu'à la chambre d'Arthur.
Elle tourne la clé et glisse son visage dans l'embrasure de la porte.
Arthur est emmitouflé sous la couette, recroquevillé au milieu du lit, ne laissant apparaître aucune partie de son corps.
La grand-mère sourit et décide de le laisser dormir davantage.
Elle ressort en refermant tout doucement la porte.

La Mamie ouvre la porte d'entrée et récupère les deux bouteilles de lait laissées sur le perron, preuve que Davido n'a pas encore mis la main sur la laiterie.
Ce bon signe l'encourage à lever la tête et à profiter de cette belle journée qui commence. Un ciel d'azur est posé sur ce joli

142

jardin et ces arbres magnifiques. Sauf un des arbres, qui paraît bien mal en point : celui qui a une Chevrolet enveloppée autour du tronc, comme une écharpe.

La Mamie sursaute à cette vision d'horreur.

« J'ai dû encore oublier le frein à main ?! Quelle tête en l'air je fais ! », se dit-elle en grommelant.

Nous survolons la pelouse comme une forêt immense et plongeons au milieu des brins d'herbe, dressés comme des chênes centenaires.

Au pied de cette gigantesque forêt minuscule, nos trois héros avancent à bonne allure. Ils font au moins du deux cents à l'heure. « Mètres », évidemment.

Sélénia suit la piste, aussi à l'aise que dans son jardin.

Arthur ne la quitte pas, ni des yeux, ni des semelles.

Bétamèche, par contre, est un peu à la traîne et montre les premiers signes de fatigue.

- Sélénia ? Tu ne peux pas ralentir un peu, s'il te plaît ?, lui demande gentiment son frère.

- Pas question ! Tu n'avais qu'à pas te charger comme un gamoul !

- J'ai pris juste un peu de tout, au cas où, répond Bétamèche en haussant les épaules.

Sélénia se dirige droit vers un mille-pattes qui, vu de leur taille, avance comme un immeuble.

Arthur s'inquiète. L'animal est gigantesque avec ses mille jambes, grosses comme des pelleteuses.

Sélénia continue sa route face au monstre, comme si elle ne l'avait pas vu.

- Et... tu as quelque chose au cas où on croise un truc comme ça ?, demande Arthur, pas loin de s'affoler.

- T'inquiète pas !, lui répond Bétamèche en sortant un objet de sa poche, j'ai mon couteau multi. Trois cents fonctions !

Je l'ai eu pour mon anniversaire.

Le petit prince exhibe fièrement son couteau, vaguement suisse, et commente les fonctions.

- Ici : scie roulante, double couteau, pince multicrabe. Là : bulle à savon, boîte à musique et machine à gaufrettes. De ce côté : l'écloseur de graines, le traceur huit parfums, le vanilleur de surface et quand il fait trop chaud... l'éventail ! Bétamèche a appuyé sur le bouton et un magnifique éventail japonais apparaît. Le petit prince s'évente aussitôt, comme incommodé par la chaleur.

- C'est marrant, pour mon anniversaire l'année dernière, j'ai eu le même... Enfin presque !, lui répond Arthur en regardant le mille-pattes qui avance toujours vers eux. Et... tu n'as rien contre les mille-pattes ?, ajoute l'enfant, de plus en plus inquiet.

- Il y a aussi tous les classiques !, enchaîne Bétamèche qui repart dans son énumération : le tulipo, le matachette, les fixomates et soluquets, piplates, sifflettes, goulures et moulagères, raquane à trous et nautile à soudure, pamplinettes et tourne-gland...

Il est coupé dans son élan par Sélénia qui n'en peut plus.

- Et il n'y a rien pour te couper le sifflet ?, dit-elle en sortant l'épée de son fourreau.

Bétamèche hausse les épaules tandis que Sélénia, tout en avançant, coupe les pattes avant du mille-pattes comme si elle fauchait du blé.

L'animal redresse la tête et s'étouffe à moitié avec l'herbe qu'il était en train de brouter. Nos trois héros entrent sous le mille-pattes et le longent comme on longe une galerie marchande. Le mille-pattes part en courant en sens inverse et ça en fait de la poussière, mille jambes qui courent !

Arthur n'en revient pas et observe le gigantesque animal qui lui passe au-dessus de la tête comme un Boeing au décollage.

Bétamèche s'en fout, il fait ça tous les jours.

- Ici, sur le dernier côté, il y a toutes les nouveautés : le pilute à frou-frou, très pratique pour la chasse aux badaroux à plumes !

- Ça ressemble à quoi comme oiseau, un badarou ?, demande Arthur, les yeux rivés sur le ventre du mille-pattes.

- C'est un poisson, répond Bétamèche, avant de reprendre sa liste.

- J'ai aussi un culbuteur de postillon, une moussilette à velours, un décortiqueur de raisin blanc, un humidificateur de raisins secs, un lance-crapaud, un protège-kaflon et une série d'armes de poing : le paraboulier, l'anti-gisette, un sifflon à douze coups, le tout nouveau karkanon à double face...

Le corps du mille-pattes disparaît, laissant derrière lui un nuage de poussière et un Arthur soulagé.

- Et pour finir !, conclut Bétamèche, la dernière fonction, ma préférée : le peigne !

Bétamèche appuie sur un bouton qui libère un petit peigne en fausse écaille.

Le prince recoiffe, avec un plaisir non dissimulé, les trois cheveux qu'il a sur le caillou.

- Celui-là... je l'ai pas !, dit Arthur avec un brin d'humour.

La gare centrale, carrefour de tout bon voyageur, a été construite sur un terrain légèrement déboisé. De loin, on dirait simplement une pierre plate posée sur le sol. De plus près, on constate que deux pierres sont posées l'une sur l'autre et que l'interstice qui les sépare a été aménagé.

Il s'agit d'un immense comptoir pouvant accueillir plusieurs dizaines de passagers à la fois. Mais aujourd'hui, le comptoir est désespérément vide.

Sélénia s'approche de l'énorme pierre où l'on peut lire l'enseigne :

« Expresso-transports-en-tous-genres ».

- Il y a quelqu'un ?, demande Sélénia à la cantonnade.

Pas de réponse. Pourtant les grilles sont levées et les torches éclairent l'intérieur des bureaux.

- Dites-donc, il n'y a pas grand monde qui voyage, chez vous !, note Arthur qui cherche de son côté.

- Quand tu en auras fait un, de voyage, tu comprendras pourquoi !, lui répond Bétamèche, sarcastique.

Arthur ne sait pas comment prendre cette allusion, mais son attention se fixe sur une demi-boule, posée sur le comptoir. Ça ressemble fortement aux sonnettes qu'on trouve sur les comptoirs d'hôtel et Arthur se permet d'appuyer dessus. L'objet couine et se plaint aussitôt. L'animal sort ses pattes et réveille ses petits qui dormaient sous la coquille. La maman se plaint dans une langue inconnue, sûrement du « criket ».

- Je... je suis désolé ! Je vous ai prise pour une sonnette !, dit Arthur embarrassé.

Il n'en fallait pas plus pour vexer l'animal, qui se met à hurler davantage.

- Non ! Je veux dire : je ne savais pas que vous étiez vivante !, Arthur s'enferre.

La maman n'a que faire de ses excuses et elle s'en va sur le comptoir, suivie par sa ribambelle.

- Ça ne va pas, d'assommer la clientèle comme ça ?!, lui lance le vieux Minimoy qui vient d'apparaître derrière le comptoir. Il a une petite salopette en pétale de bleuet, de grosses moustaches aussi poilues que ses oreilles et un fort accent italien.

- Je suis vraiment désolé !, assure Arthur qui découvre l'homme avec surprise.

Sélénia vient se mettre devant le guichet, coupant net la conversation.

- Excusez-moi, mais on n'a pas de temps à perdre. Je suis la princesse Sélénia !, dit-elle avec un brin de prétention.

Le vieil employé ferme un œil, pour mieux l'observer.

- Ah !... Je vois ! Et ça c'est votre imbécile de frère ?

- Exact !, répond Sélénia avant que Bétamèche ne puisse intervenir.

- Et c'est qui le troisième rigolo qui assomme mes clients ?, lance le Minimoy, ouvertement de mauvais poil.

- Je m'appelle Arthur, répond poliment l'enfant, et je cherche mon grand-père.

L'employé semble intrigué. Il fait appel à sa mémoire.

- ... J'ai transporté un grand-père, il y a quelques années... Comment diable s'appelait-il déjà ?

- Archibald ?, propose Arthur.

- Archibald ! C'est ça !

- Vous savez où il est parti ?, demande Arthur, les yeux pleins d'espoir.

- Oui. Ce vieil excentrique voulait absolument que je l'envoie sur Nécropolis ! Au milieu des séides ! Le pauvre fou !, commente-t-il.

- C'est génial !, s'exclame Arthur. C'est exactement là où nous voulons aller !

L'agent reste un instant immobile, atterré par cette demande incongrue, puis il ferme son guichet d'un seul coup en faisant tomber la grille.

- C'est complet !, lance-t-il sans s'embarrasser.

Sélénia n'a pas de temps à perdre avec la mauvaise foi des autres. Elle sort son épée et découpe une ouverture à même le comptoir.

Elle pousse la porte fraîchement tracée, qui tombe sur le sol avec fracas.

L'employé est tétanisé au fond de son bureau, les moustaches à la verticale.

- À quelle heure le prochain départ pour Nécropolis ?, demande la princesse.

Bétamèche a déjà sorti un annuaire de son sac. Il fait bien huit cents pages et autant de kilos.

- Le prochain départ est dans huit minutes !, dit-il en trouvant la page. Et c'est un direct !

Sélénia sort une petite bourse pleine de pièces et la jette aux pieds de l'employé.

- Trois billets pour Nécropolis ! Première classe !, ordonne la princesse, décidée comme jamais.

L'agent de conduite pousse sur un énorme levier comme sur un aiguillage et une énorme noix roule au-dessus des têtes, guidée par un bambou fendu en deux, pareil à l'oléoduc d'Arthur.

La noix roule et traverse un bout de terrain, avant de se caler au-dessus d'un appareillage assez complexe dont on ne comprend pas immédiatement l'utilité.

L'agent ouvre une porte dans la noix, comme pour un œuf de téléphérique.

Nos trois héros baissent la tête et s'installent à bord. La noix est vide, sauf la partie du bas qui a été taillée à même le fruit et forme une banquette.

Sélénia tire sur la membrane au milieu de la noix, qui vient se coller contre elle comme une ceinture de sécurité. Arthur la regarde faire et l'imite dans tous ses gestes plutôt que de la déranger par les milliers de questions qu'il meurt d'envie de lui poser.

- Bon voyage !, lance l'agent avant de claquer la porte.

CHAPITRE 13

U ne autre porte, ailleurs, s'ouvre légèrement.
La grand-mère passe la tête dans la chambre d'Arthur.
L'enfant dort toujours, au fond de sa couette. Tant mieux.
Elle va pouvoir lui faire la surprise. Elle pousse la porte du
pied et laisse découvrir un magnifique plateau nacré, garni
d'un somptueux petit-déjeuner.
Elle pose le plateau au bout du lit et savoure le moment.
« Le petit-déjeuner est servi ! », chantonne la grand-mère,
un sourire satisfait au coin des lèvres.
Elle tapote sur la couette et ouvre les rideaux. Une belle et
joyeuse lumière envahit la pièce et donne toute sa valeur au
petit-déjeuner.
- Allez, gros feignant, c'est l'heure !, lance-t-elle gentiment
en tirant sur la couette.
Elle pousse alors un cri d'horreur en constatant que son
petit-fils s'est transformé en chien ! À la réflexion, on dirait
plutôt Alfred qui a tout simplement dormi dans le lit
d'Arthur. Le chien remue la queue, trop content de sa blague.
Mais la grand-mère ne semble pas apprécier ce tour de magie.
- Arthur ?!, vient-elle hurler sur le perron, comme à son
habitude.
L'enfant, du fond de sa noix, ne risque pas de l'entendre. Il est,
de toutes façons, bien trop occupé à régler sa ceinture de
sécurité.

Bétamèche a sorti une petite boule blanche, aussi légère qu'une fleur de pissenlit. Il la secoue énergiquement et la boule s'illumine.

Bétamèche lâche cette jolie lampe qui flotte dans l'espace et éclaire légèrement la cabine, comme les boules à facettes éclairent les dancings.

- Je ne l'ai qu'en blanc. Désolé, dit-il, comme s'il parlait de biscottes sans sel.

Arthur est fasciné par tout ce qui l'entoure, émerveillé par la magie de cette aventure. Même dans le meilleur de ses rêves, il n'aurait jamais osé imaginer tout cela.

L'agent de transport a rejoint son poste de pilotage, aussi compliqué que celui d'un paquebot. Il pousse une première manette. Une petite aiguille tourne sur un disque où l'on peut lire le nom des sept terres qui composent le monde. L'aiguille descend vers la partie sombre du disque et s'arrête sur : « Terres interdites ». L'énorme mécanisme se met en branle et ajuste légèrement le fruit. Arthur essaye, à travers les jointures de la noix, d'apercevoir ce qu'il se passe.

- Je ne comprends toujours pas comment on va voyager, demande naïvement l'enfant.

- Ben, avec la noix !, répond Bétamèche, comme une évidence. Comment veux-tu voyager autrement ?

Le petit prince a déplié une carte générale. On y voit les sept terres.

- On est là. Et on va là !, pointe Bétamèche comme s'il s'agissait d'un voyage en banlieue.

Arthur se penche sur la carte et essaye de comprendre, malgré l'échelle, où il se trouve. A priori, Nécropolis se situerait non loin du garage.

- Je reconnais !, dit soudain l'enfant. C'est juste sous le réservoir d'eau.

- Comment ça : le réservoir d'eau ?, questionne Sélénia, soudainement inquiète.
- Ben oui. Toute l'eau dont on a besoin pour la maison est stockée dans une énorme citerne située là, juste au-dessus de Nécropolis.

La grand-mère allume le néon du garage. Elle constate qu'il est désespérément vide. Aucune trace d' Arthur.
« Où est-il passé ? », demande-t-elle au chien bien incapable de lui répondre.
De toutes façons, même s'il avait la parole, Alfred sait très bien que la Mamie ne le croirait jamais.

« Combien de litres contient exactement ton réservoir ?», questionne Sélénia, sur la piste de quelque chose.
- Oh là, là ! Des milliers et des milliers !, lui répond Arthur.
Le visage de la princesse s'assombrit.
- Je commence à y voir plus clair dans les plans de l'autre.
- Qui ça ?, demande l'enfant.
- Les plans de « M », lui répond la princesse, comme une évidence.
- Aah ! Maltazard ?!, s'écrie Arthur, complice comme un initié.
Bétamèche et Sélénia se raidissent. L'enfant comprend instantanément sa bourde.
- Oups !, lâche-t-il, une main sur la bouche.
Ce nom étant toujours porteur de catastrophes, un grondement sourd monte aussitôt du fond des âges.
- Nom d'un gamoul à bosses !, hurle Sélénia. On ne t'a jamais appris à surveiller ton langage ?!
- Je... Je suis désolé, bafouille Arthur, au bord de la panique.

L'agent de transport a son stéthoscope posé sur un énorme tuyau. Il sent le grondement qui s'amplifie.

- Départ pour Nécropolis dans dix secondes !, hurle-t-il en mettant ses lunettes de protection.

Bétamèche sort de son sac deux boules roses et cotonneuses.

- Tu veux des Moufs-moufs pour te mettre dans les oreilles ?, demande-t-il à Arthur.

- ... Non merci, répond l'enfant, plus préoccupé par le sol qui commence à vibrer.

- Tu as tort. Ce sont des Moufs-moufs de première qualité. Ils sont tout neufs, ils n'ont jamais servi et grâce au pelage auto-nettoyant, tu peux aussi...

Il est coupé net au milieu de sa phrase. Sélénia vient de lui enfoncer un Mouf-mouf au fond de la bouche. Le sol vibrait, maintenant il tremble et Arthur est obligé de se cramponner s'il ne veut pas se cogner partout. L'agent de transport pousse une seconde manette. L'aiguille tourne à nouveau autour d'un autre disque. Celui qui marque la puissance. L'aiguille s'arrête dans le rouge, là où l'on peut lire : « Maximum ».

Pendant ce temps, la Mamie se désespère. Elle a fait trois fois le tour de la maison, cinq fois celui du jardin. Elle n'a rien trouvé. Ni trace, ni indice. Elle se poste une dernière fois sur le perron et s'aide de ses mains pour hurler :

« Arthuuur !! »

Malgré le vacarme et les tremblements, Arthur a dressé l'oreille. Une voix lointaine a prononcé son nom. Il se jette sur la fente minuscule à la jointure de la noix, et il essaye de localiser la voix.

- Mamie ?, lâche l'enfant, au hasard.

- C'est parti !, lui répond le contrôleur en écho.

Un parapluie vient automatiquement s'ouvrir au-dessus de l'agent de transport, tandis qu'un véritable geyser jaillit du sol. La noix était calée sur un arroseur automatique. La puissance du jet envoie la noix dans les airs et le voyage commence.

Le fruit traverse le ciel et le jardin, à quelques mètres de hauteur.

Par la fente, Arthur aperçoit sa grand-mère qui s'apprête à rentrer dans la maison.

- Mamiiiiie !, hurle l'enfant dans un long cri.

Sélénia regrette de ne pas avoir mis ses Moufs-moufs.

La Mamie se retourne. À son tour elle a entendu une petite voix dans le lointain.

- Mamie ! Je suis là !, s'époumone l'enfant, mais son cri sort à peine de la noix.

La Mamie n'a rien vu, rien entendu. Elle regarde un instant les arroseurs automatiques se déclencher les uns après les autres.

Bétamèche parvient enfin à cracher son Mouf-mouf.

- Sélénia ?! C'est pas fait pour mettre dans la bouche, les Moufs-moufs !, se plaint-il. C'est malin, j'ai soif maintenant !

- Avec tout ce qui tombe, tu vas boire ! T'inquiète pas !, lui répond Sélénia qui tente d'observer l'extérieur à travers un trou dans le joint de la noix.

- Combien de temps dure le vol ?, demande Arthur, toujours agrippé à son fauteuil.

- Quelques secondes... Si tout se passe bien !, dit la princesse, l'air soucieux.

- Ça veut dire quoi : « Si tout se passe bien » ?, s'inquiète Arthur.

- Si on ne fait pas de mauvaise rencontre !

Pour une fois, Arthur a le sentiment que la princesse s'inquiète pour pas grand-chose.

- Quel genre de mauvaise rencontre peut-on faire, au milieu du ciel ?, lui lance-t-il avec un sourire malin.

- Celle-là, par exemple !, lui répond-elle en se recroquevillant sur son siège.

D'un seul coup, surgissant de la pluie battante, un énorme

bourdon vient percuter la noix. Le choc est violent, comme celui de deux voitures qui se percutent en sens inverse. Mais le bourdon a eu le temps de modifier légèrement sa trajectoire, il touche sur le côté. Sous l'effet de la collision, la noix change complètement de route tandis que le bourdon, sa voiture abîmée, pique en vrille vers le sol.

Dans la noix, c'est l'affolement général. Pire qu'un tremblement de terre.

La noix atterrit finalement dans un coin d'herbe haute. Elle roule un instant, puis s'immobilise.

Chacun reprend peu à peu ses esprits. Bétamèche constate que son sac à dos est vide. Tous les objets ont volé en tous sens.

- Et voilà tout mon sac à refaire !, soupire-t-il.

- T'avais qu'à emporter moins de choses, je te l'ai dit cent fois !, lui rétorque Sélénia.

Arthur soupire, content de se voir vivant et d'une seule pièce.

- Dites donc ? C'est toujours comme ça, les voyages chez vous ?, demande-t-il avec ironie.

- Les longs courriers, c'est plus calme, lui répond Sélénia.

- Ah ?!, lâche Arthur, content d'avoir échappé au pire.

Sélénia regarde à nouveau dans la fente.

- Attendons que la pluie s'arrête. On y verra plus clair.

La grand-mère est toujours sur le perron et regarde les arrosages automatiques s'arrêter les uns après les autres. Le silence revient et souligne le long soupir de la Mamie, désespérée de ne pas avoir retrouvé son petit-fils.

Elle fait demi-tour, rentre dans sa maison bien vide et referme doucement la porte.

« Ça s'est calmé. On va pouvoir y aller », propose Sélénia.

Bétamèche finit de faire son sac tandis que sa sœur essaye d'ouvrir la porte, froissée lors de l'accident.

- Satané bourdon ! Il nous a enfoncé la portière ! Elle est coincée, maintenant !

Arthur vient lui donner un coup de main, mais rien n'y fait. À l'extérieur, un monstrueux ver de terre s'approche de la noix. Ce n'est pas le fruit qui l'intéresse, mais plutôt les appétissantes feuilles de pissenlit que la noix a écrasées sur son passage.

Le ver passe devant la noix et lui donne, malencontreusement, un coup d'anneau.

- Qu'est-ce que c'est encore ?!, s'inquiète Arthur.

- Je ne sais pas, confesse Sélénia. Mais il ne vaut mieux pas rester là !

Elle sort l'épée magique de son fourreau et perce la noix d'un seul coup. Elle perce aussi l'un des anneaux du ver de terre, qui fait un bond dans les airs. On a beau avoir une centaine de fesses, ça ne fait jamais plaisir de s'en faire piquer une.

C'est bien sûr un accident, on en est témoins, mais il le prend très mal. Le gros ver replie ses bourrelets les uns sur les autres comme un accordéon qui rétrécit, puis se détend d'un seul coup. Le tir est puissant et précis. La noix vole sur des milliers de kilomètres qu'il faut convertir en millimètres. Evidemment, le sac de Bétamèche explose à nouveau dans la cabine. La noix roule et roule encore et finit par tomber dans un ruisseau qui l'entraîne, comme un petit bateau. Comme une coque de noix, en quelque sorte.

Arthur a mal au cœur.

- Ça fait du bien quand ça s'arrête, annonce-t-il, prêt à vomir.

L'eau commence à rentrer par les joints, par le trou d'épée. Sélénia s'en aperçoit et regarde le filet d'eau comme s'il s'agissait d'un serpent venimeux.

- C'est de l'eau ! Arthur ?! C'est terrible, on prend l'eau !, hurle-t-elle affolée.

- C'est horrible !, renchérit Bétamèche, accroché à sa sœur.
- Où on est ?! Arthur ? Où on est ?!, demande Sélénia totalement paniquée.
- Je ne sais pas, mais on va pas y rester longtemps, lui répond Arthur en lui arrachant l'épée des mains. Il brandit l'arme au-dessus de sa tête et frappe un grand coup en suivant la jointure. La noix se fend littéralement en deux et chaque moitié se retrouve à flotter séparément, Sélénia et Bétamèche d'un côté, Arthur de l'autre. Mauvaise pioche pour Arthur, il a celle qui fuit. Il regarde Sélénia avec un sourire emprunté.
- Arthur ? Fais quelque chose ! Aide nous !!
L'enfant a plutôt le sentiment inverse : c'est lui qui est en train de couler et qui devrait hurler pour du secours. Mais la galanterie n'a pas de limites.
- Ne vous inquiétez pas ! Je vous rejoins !, lance Arthur, de l'eau jusqu'à la taille. Je connais bien ce ruisseau, il fait une courbe sur la droite ! Je vous rattrape !
- Un ruisseau ?!, s'exclame Sélénia, se demandant si Arthur ne se moquerait pas d'elle.
- J'arrive !, lance Arthur en guise de départ. Il se jette à l'eau et rejoint, comme il peut, le bord du fleuve.
- Ce garçon est vraiment fou !, constate Bétamèche en voyant son ami nager.
Arthur parvient à se hisser sur la rive et disparaît aussitôt dans les hautes herbes.
Sélénia et son frère se serrent l'un contre l'autre pour lutter contre la peur.
- Je veux pas mourir !, pleure Bétamèche d'une voix tremblotante.
- Ça va aller, calme-toi !, répond Sélénia en lui caressant la tête.
- Tu crois qu'il va nous abandonner ?, questionne son frère.
Sélénia réfléchit un instant.
- Je ne connais pas assez le genre humain pour te répondre,

mais d'après le peu que je connaisse... Il y a de grandes chances que oui !

- ... Non ?, lâche le prince, atterré.

- Sauf... S'il est amoureux, ajoute Sélénia, comme une hypothèse improbable.

Arthur court à perdre haleine, sautant les branches, pliant les herbes, évitant les insectes. Aucun obstacle ne lui résiste, même pas cette colonie de fourmis qu'il traverse comme s'il faisait ça tous les week-ends.

Bétamèche serre davantage sa sœur contre son cœur.

- Seigneur ! Faites qu'Arthur soit amoureux de ma sœur si gentille ! S'il vous plaît !

Arthur court comme un fou, comme un aveugle, comme si sa vie en dépendait.

Il n'y a pas de doute, ce jeune homme est amoureux. Il s'extirpe de cette jungle miniature et déboule en haut de la berge.

La demi-noix et ses occupants apparaissent au détour d'un méandre.

Bétamèche aperçoit Arthur et le pointe du doigt :

- Sélénia !! Il est amoureux !, hurle-t-il tout joyeux.

- Ne nous emballons pas, tempère la princesse.

Heureusement, Arthur n'a rien entendu. Il dévale vers la rivière, prend appui sur un caillou et s'envole dans les airs. Un bond de champion du monde. Ça mérite un ralenti au journal du soir. Quant à l'atterrissage, il finira au zapping.

Arthur s'étale lamentablement au fond de la noix, renversant ses camarades comme une boule dans un jeu de quilles.

- Excusez-moi, lâche-t-il en se massant la tête.

- L'amour donne des ailes, chuchote Bétamèche en se frottant le dos.

- Vous voyez ? Je ne vous ai pas abandonnés !, dit Arthur, presque fier.

- Super ! Au lieu de mourir à deux, on va mourir à trois !, lui balance la princesse.

- Personne ne va mourir, Sélénia ! Ce n'est pas ce petit ruisseau qui va vous faire peur quand même ?!, s'étonne Arthur.

- Mais ce n'est pas un petit ruisseau, Arthur ! C'est un fleuve en furie et au bout, là-bas, ça s'appelle les chutes de Satan !!, lui hurle la princesse.

Arthur regarde en aval. C'est vrai qu'une rumeur semble venir des enfers. L'humidité monte rapidement. On n'est pas loin du taux de cent pour cent.

- Je... Je ne savais pas que ça s'appelait comme ça !, bafouille Arthur.

Les chutes grondent de plus en plus et deviennent maintenant visibles. Elles sont monstrueuses et portent bien leur nom. Elles sont tellement puissantes qu'elles feraient passer le Niagara pour un compte-gouttes.

Arthur est en arrêt. Pas la noix.

- Bon ! T'aurais pas une idée avant de mourir ?!, lui lance Sélénia en lui donnant un coup de coude.

Arthur se réveille d'un seul coup. Il regarde autour de lui et réfléchit. Un tronc d'arbre passe en travers de la rivière, juste avant les chutes.

- T'aurais pas une corde dans ton couteau à trois cents fonctions ?, demande-t-il à Bétamèche.

- Ben non ! C'est le petit modèle !

Arthur regarde Sélénia de la tête aux pieds. Surtout son décolleté.

- J'ai une idée ! Laisse-toi faire !, lui lance Arthur en commençant à délacer son bustier.

- Il est vraiment amoureux !, lance le petit prince.

Sélénia tape violemment sur la main d'Arthur.

- C'est pas parce qu'on va mourir qu'il faut te croire tout permis !, dit-elle avec dignité.

- Mais non, c'est pas ça ! C'est pas ce que tu penses !, proteste-t-il, embarrassé par le quiproquo. J'ai besoin du lacet pour faire une corde ! Pour grimper sur cet arbre. C'est notre seule chance. Sélénia hésite, puis accepte. Arthur tire d'un seul coup sur le lacet et le récupère. Sélénia est obligée de croiser ses bras sur son corset si elle ne veut pas finir la poitrine à l'air. Il n'y aurait pas grand-chose à voir à son âge, mais c'est une question d'éducation : pas de « topless » chez les princesses.

Arthur récupère l'épée magique et attache rapidement le lacet autour de la poignée.

– Bétamèche en un, Sélénia en deux ! Il faudra faire vite, on n'aura que quelques secondes !, annonce Arthur en brandissant l'épée.

– Tu es sûr de ce que tu fais, là ?, s'inquiète Sélénia.

– Ben... Ça doit pas être plus dur que les fléchettes !, répond-il en visant l'arbre.

Arthur arme son tir et lance l'épée de toutes ses forces.

La lame fend les airs, suivie par son fil d'Ariane. On dirait d'ailleurs une fusée.

L'épée se plante en plein milieu de l'arbre.

– Yes !, s'exclame Arthur en moulinant son bras en signe de victoire.

Ses deux camarades le regardent, atterrés par cette gymnastique quasi primitive.

La noix arrive rapidement à la verticale de l'arbre.

– Prépare-toi, Bétamèche !, lance Arthur.

À peine a-t-il attrapé le fil que Bétamèche est déjà sur sa tête et grimpe comme un singe.

Arthur se tient comme il peut dans cette noix qui ne demande qu'à partir.

Bétamèche escalade le tronc et rejoint la terre ferme, à quatre pattes.

– À ton tour Sélénia !, est obligé de hurler l'enfant, tellement le vacarme est assourdissant.

Sélénia ne réagit pas. Elle est paralysée par cette eau bouillonnante qui ne cherche qu'à l'emporter.

- Sélénia ?!, dépêche-toi ! Je ne vais pas pouvoir tenir longtemps !!, lui hurle Arthur qui tient la liane à deux mains et la noix à deux pieds. Sélénia, elle, attrape son courage à deux mains, bien que les laissant sur son corset.

Elle commence à grimper en mettant au passage son pied sur la figure du garçon.

- Fé bien ! Va-vy Félénia !, prononce Arthur, le visage défoncé par la chaussure.

Sélénia arrive au sommet et prend appui sur l'épée, plantée à l'horizontale.

Arthur est au bord de l'épuisement et lâche la coquille de noix qui s'éloigne rapidement. L'enfant a toutes les peines du monde à se hisser à la corde, ballottée par le souffle des eaux.

La noix dévale les chutes de Satan, laissant imaginer ce qu'il aurait pu advenir d'Arthur et de ses compagnons.

Sélénia monte sur le tronc et rejoint, avec précaution, la terre ferme.

Arthur rassemble le peu d'énergie qui lui reste et rejoint lui aussi le tronc d'arbre.

Epuisé, il reste là un instant à genoux sur le sol, à reprendre son souffle. Sélénia s'est éloignée. Elle est au bout d'une branche, juste au-dessus d'un petit lac, calme à souhait. Bétamèche n'est pas très loin, en train d'essorer le bas de sa chemise. Arthur récupère l'épée plantée dans le bois, et s'avance vers Sélénia.

- Ça va ?, lui lâche Arthur.

- Ça ira mieux quand j'aurai récupéré mon lacet, répond-elle, les mains toujours sur sa poitrine.

Arthur tourne son épée et commence à défaire le nœud qui l'attache au lacet.

- Eh bien moi, j'ai eu la peur de ma vie !, confie Bétamèche, trop content d'être de retour sur la terre ferme.
Sélénia hausse les épaules, comme pour minimiser l'aventure.
- Oui, bon. On va pas en faire toute une histoire, c'est quand même que de l'eau !, lance-t-elle avec une mauvaise foi évidente pour tout le monde.
Comme pour la punir, le ciel décide de faire craquer la petite branche et notre princesse tombe dans le lac.
- Arthur ! Au secours ! Je ne sais pas nager, hurle la princesse affolée, battant des bras comme un oisillon.
Arthur n'écoute que son cœur et son courage. Il court sur la branche et effectue un magnifique plongeon, la tête la première. Malheureusement, il n'y a pas assez de fond et notre héros se fracasse la tête.
- Il est vraiment très amoureux !, murmure Bétamèche, qui a mal pour son ami.
Arthur se relève en se tenant la tête. Il a de l'eau jusqu'aux genoux. La princesse se débat toujours.
- Mais... Sélénia ?! Il n'y a pas d'eau, regarde ! Tu as pied !!!
Sélénia se calme peu à peu et réalise effectivement que ses pieds touchent le fond. Elle hésite un instant puis finit par se mettre debout, de l'eau jusqu'aux mollets.
- Et... C'est que de l'eau !, lui balance Bétamèche, toujours prêt à lui en placer une.
- Je peux avoir mon lacet ?!, insiste Sélénia, vexée comme un pou.
Elle lui arrache des mains avant de se retourner pour ne pas être vue.
- Ça fait quand même deux fois qu'il te sauve la vie dans la même journée !, lâche Bétamèche, toujours prêt à attiser le feu.
- Il a fait ce que tout gentilhomme aurait fait à sa place, réplique la princesse, que la mauvaise foi n'a pas quittée.
- Peut-être mais... Ça mérite un petit merci, je trouve !, insiste Bétamèche.

Arthur lui fait signe de laisser tomber. Les honneurs l'embarrassent toujours.

Mais Bétamèche insiste. Il adore taquiner sa sœur là où ça fait mal.

Sélénia finit de nouer son lacet puis s'avance vers Arthur, tout intimidé. Elle s'arrête devant son sauveur et lui arrache l'épée des mains.

- Merci !, dit-elle sèchement, avant de lui passer devant et de s'éloigner.

Bétamèche sourit et hausse les épaules.

- C'est comme ça les princesses !, lance-t-il à Arthur, bien plus perdu dans les méandres du comportement féminin que dans les eaux de ce fleuve en furie.

CHAPITRE 14

La grand-mère ouvre la porte d'entrée et cède le passage aux deux policiers qui lui rendent visite. Ils sont en tenue mais tiennent poliment leur casquette à la main.

« Mon mari a disparu il y a trois ans et maintenant mon petit-fils... Je ne survivrai pas davantage à autant de malheurs », confie la grand-mère en serrant son mouchoir en dentelle.

- Calmez-vous madame Suchot, lui dit le policier, toujours aussi gentil. C'est sûrement une petite fugue. Tous ces évènements ont dû le perturber. Je suis sûr qu'il ne doit pas être loin, fait-il en regardant l'horizon, alors qu'il suffirait de se pencher vers la pelouse.

- On va patrouiller et je suis sûr qu'on va le retrouver. Vous pouvez compter sur nous !

Pendant quelques secondes, le policier rappelle le patrouilleur qu'Arthur s'était inventé et qui sillonnait les tranchées, fier comme un héros de série télé.

La grand-mère soupire, à moitié soulagée.

- Merci, en tout cas...

Les policiers la saluent poliment et rejoignent leur voiture en remettant leur casquette.

La Mamie leur adresse un petit signe d'adieu, tandis que la voiture de police quitte le jardin. Le vrombissement du moteur résonne jusqu'au niveau du sol et fait vibrer les brins d'herbe. À la taille d'un Minimoy, ce simple départ de voiture est vécu comme un tremblement de terre qui s'éloigne.

- C'était quoi ?, demande Arthur, inquiet.
- Les humains, répond Sélénia, habituée.
- Ah ?!, murmure Arthur, qui se sent un peu coupable.

Il n'avait pas imaginé les dégâts qu'un être humain pouvait causer au cours de ses simples gestes quotidiens.

Bétamèche a déplié sa carte, détrempée et délavée.

- Zut ! On ne voit plus rien ! Comment on va faire maintenant ?!, s'inquiète le petit prince.

Arthur lève le nez vers le ciel.

- Le soleil est là. La citerne est au nord. Il faut donc aller par là !, dit-il en montrant le chemin de son bras tendu. Faites-moi confiance !, ajoute-t-il avec une prétention toute nouvelle.

Il écarte trois brins d'herbe et tombe dans un trou gigantesque. Un vrai cratère. Heureusement, il s'est retenu à une racine et il a évité une chute de plus de cent mètres. Il se hisse le long de la racine et remonte sur le bord du cratère.

- Qu'est-ce que c'est que ça ?, lance Arthur, halluciné par ce trou béant.
- Les humains encore, répond Sélénia avec tristesse. Depuis hier on dirait qu'ils ont juré notre perte. Ils ont fait des dizaines de trous comme celui-là, sur tout le territoire.

Des trous réalisés par Arthur durant sa chasse au trésor.

Il aimerait bien s'excuser mais il n'a pas encore le courage de se dénoncer.

Sur le flanc opposé, une colonie de fourmis a fabriqué un chemin qui descend au fond du cratère. Elles ont toutes un gros sac de terre sur le dos.

- Elles en ont pour des mois de travail pour réparer et refaire leur réseau, dit Sélénia.
- Si seulement on savait pourquoi ces abrutis font des trous partout !, ajoute Bétamèche, dépité.

Arthur n'en mène pas large. Il aimerait tellement pouvoir expliquer que l'abruti... C'est lui.

- Ne sois pas stupide, Béta ! Les humains ne connaissent pas notre existence. Ils ne peuvent donc pas savoir les dégâts qu'ils provoquent, explique Sélénia avec beaucoup de tolérance.

- Bientôt ils le sauront, intervient Arthur. Et ce genre de catastrophe n'arrivera plus jamais. Vous avez ma parole.

- ... On verra, lui répond Sélénia, d'un naturel sceptique. En attendant, le jour tombe. Il faut trouver un endroit pour dormir.

La lumière orange de fin de journée a rendu le paysage pratiquement monochrome. Seul le ciel, influencé par la nuit, a conservé son bleu profond.

Le petit groupe s'avance vers un coquelicot, bien rouge et bien seul.

Bétamèche a sorti son couteau multifonctions.

- Où ont-ils mis le métaglue ?, se demande-t-il en tripotant l'engin.

Il appuie sur un bouton et une immense flamme sort de l'objet. Arthur a juste le temps de se baisser pour voir la flamme lui passer à ras du crâne.

- Oups !, lâche Bétamèche en guise d'excuses.

Sélénia lui arrache le contenu des mains et cherche à sa place.

- Donne-moi ça, tu vas finir par blesser quelqu'un !

- Je l'ai pas depuis longtemps. Je l'ai eu pour mon anniversaire, explique le petit prince.

- Quel âge as-tu ?, l'interroge Arthur.

- Trois cent quarante-sept ans. Dans dix-huit ans, je serai majeur, explique le petit prince, tout joyeux.

Arthur a le boulier qui s'emmêle.

Sélénia appuie sur le bon bouton et un jet de métaglue vient se coller sur l'un des pétales du coquelicot. Spiderman n'aurait pas fait mieux.

Elle sort un pic du couteau et le plante dans le sol. Un petit mécanisme se déclenche et enroule le fil qui tire sur le pétale et l'ouvre, comme le pont-levis d'une forteresse.

Arthur est toujours dans ses calculs.

- Et... Sélénia ? Elle a quel âge ?, demande-t-il, pour comprendre.

- Bientôt mille ans, l'âge de raison, répond Bétamèche avec un brin d'envie. C'est son anniversaire dans deux jours !

Arthur ne comprend plus rien. Lui qui était si fier d'avoir dix ans.

Le pétale est maintenant complètement ouvert et suffisamment abaissé pour que Sélénia puisse grimper et entrer dans la fleur.

Elle sort son épée, attrape les étamines et les coupe à la base. Puis elle les secoue jusqu'à ce que les petites boules jaunes se décrochent et forment une couche douillette. Arthur la regarde faire son lit avec émerveillement.

Sélénia jette les tiges d'étamines, devenues inutiles, et accueille les deux garçons qui grimpent dans la fleur.

Bétamèche se jette directement, avec délice, dans ce lit de boules jaunes.

- Je suis mort de fatigue ! Bonne nuit !, dit-il en prenant à peine le temps de se retourner avant de s'endormir.

Arthur n'en revient pas. En voilà un qui n'a pas besoin du produit de la grand-mère !

- Il a le sommeil facile !, commente-t-il.

- Il est jeune, explique Sélénia.

- Deux cent quarante-sept ans, c'est déjà pas mal !

Sélénia récupère la petite boule lumineuse dans le sac de son frère. Elle secoue la boule qui s'allume et la laisse flotter dans le coquelicot.

- Et toi ? Tu vas vraiment avoir mille ans dans deux jours ?

- Oui, répond simplement la princesse, avant de couper le fil de métaglue d'un coup d'épée.

Le pétale remonte aussitôt et referme la fleur.

À l'intérieur, l'ambiance est feutrée, la lumière est douce et l'atmosphère est romantique à souhait. Si Arthur s'appelait Julio, il pousserait la chansonnette.

Sélénia s'étire un peu et s'allonge sur le lit de boules jaunes, comme un chat s'allonge sur la moquette.

Arthur est charmé, grisé, et donc un peu perdu. Il vient s'asseoir doucement à côté d'elle. Sélénia ne dit rien, elle est dans ses pensées :

- ... Dans deux jours, je dois succéder à mon père et veiller à mon tour sur le peuple Minimoy jusqu'à ce que mes enfants aient mille ans et me succèdent à leur tour. Ainsi va la vie au pays des sept terres.

Arthur reste un moment sans rien dire. Un peu songeur.

- Mais... Pour faire des enfants, il faut... Un mari ?

- Je sais. Mais ça va, il me reste deux jours pour en trouver un ! Bonne nuit !, dit-elle en se retournant.

Arthur reste comme un idiot, avec cent questions à poser. Il se penche un peu pour vérifier, mais elle ronronne déjà.

Le petit garçon soupire et se contente de s'allonger à côté de la princesse ce qui, réflexion faite, n'est déjà pas si mal. Il glisse ses mains sous sa nuque et laisse un large sourire embellir sa frimousse.

La nuit est presque là. Les premières étoiles scintillent. Il n'y a plus que ce coquelicot lumineux au milieu d'une forêt qui s'endort, comme un phare sur une côte invisible.

Le couteau de Bétamèche brille sous la Lune, en attendant le petit jour.

Mais une main apparaît et saisit le couteau. Une main rugueuse. Une main qui fait peur. La nuit tombe davantage et couvre la fuite du criminel.

La grand-mère sort sur le perron, une lanterne à bougie à la main.

Elle scrute un peu la nuit à l'aide de cette faible lumière, mais les alentours sont muets et n'apportent aucun signe d'Arthur.

Résignée, elle suspend la lampe au crochet qui surplombe l'entrée et rentre chez elle, définitivement malheureuse.

Les premiers rayons de soleil viennent découper les collines noires, à l'horizon.

CHAPITRE 15

S ur la première terre, celle des Minimoys, le jour se lève aussi et un rayon vient caresser le haut du coquelicot.
Sélénia se redresse et s'étire comme un félin. Puis elle se lève d'un bond et met un coup de pied dans chaque garçon.
- Debout tout le monde ! La route est longue !, hurle-t-elle dans le coquelicot qui résonne.
Les deux garçons se redressent péniblement, tout engourdis de sommeil. Arthur a mal partout. Souvenir d'une journée riche, mais éprouvante.
Sélénia pousse un pétale du pied et la lumière envahit le lieu. Les deux garçons se retournent pour se protéger de la trop forte lumière.
- OK ! On va changer de méthode !, décide la princesse.

Bétamèche gicle de la fleur en glissant sur un pétale jusqu'au sol. Il est suivi par Arthur, jeté sans plus de ménagements.
Sélénia les rejoint en glissant à son tour le long d'un pétale, comme sur un toboggan.
- Tout le monde à la douche !, lance-t-elle, décidément en forme.
Arthur se relève comme un petit vieux.
- C'est un peu dur les réveils chez vous !, se plaint-il. Moi, ma Mamie, elle m'apporte le petit déjeuner au lit tous les matins !

- Chez nous, il n'y a que les rois qui sont servis au lit. Tu n'es pas encore roi, à ce que je sache ?

Arthur devient tout rouge, comme s'il avait crié « oui » sans s'en rendre compte. Etre roi est son rêve le plus intime. Mais pas pour le pouvoir ou autres privilèges dont il n'a que faire, simplement pour le bonheur d'être le mari de celle qui, dans deux jours, sera la Reine.

- Ne te plains pas !, lui lance Bétamèche. Elle me réveille à coups de pieds depuis deux cents ans !

Sélénia se met sous une goutte d'eau accrochée au bout d'une herbe.

Elle prend l'une des épines qui nouait ses cheveux et perce la goutte. Un petit filet d'eau en jaillit. Sélénia récupère l'eau au creux de ses mains et se débarbouille.

Arthur la regarde faire avec amusement. Ça change de l'éternelle douche et son rideau collant. Il aperçoit une autre goutte, un peu plus grosse, au bout d'une feuille. L'enfant se met aussitôt dessous.

- Tu ne devrais pas te mettre sous celle-là, lui conseille la princesse.

- Ah bon ? Pourquoi ?, demande Arthur, étonné.

- Elle est mûre, lâche-t-elle, avant que la goutte ne lâche à son tour et tombe sur Arthur.

Le voilà bloqué sous cette énorme masse, cette goutte gélatineuse dont il ne peut se défaire. On dirait une mouche assommée sous une crème caramel.

Bétamèche est mort de rire.

- Tu t'es fait avoir comme un débutant !, lui lance-t-il, hilare.

- Aide-moi plutôt au lieu de rire comme une baleine ! Je suis coincé !!, crie Arthur.

- J'arrive !, lui répond Bétamèche en sautant à pieds joints sur la goutte, histoire de jouer au trampoline.

Tout en sautant joyeusement, il chantonne une comptine très populaire chez les Minimoys :
« Une petite goutte, tombée de bon matin
Roulait jusqu'à la route, pour noyer son chagrin
Personne ne l'écoute, personne ne lui tend la main
Alors elle prend la route, et vous dit à demain ! »
Sélénia ne lui laissera chantonner qu'un couplet. Elle sort son épée et tranche la goutte qui explose. Bétamèche se retrouve à cheval sur Arthur. Les deux garçons sont trempés et douchés pour la journée.
- J'ai une de ces faims, moi ! Pas toi ?, dit Bétamèche comme si de rien n'était.
- On mangera plus tard !, coupe Sélénia en rangeant son épée et en taillant la route.
Bétamèche enfile son sac à dos et cherche son couteau à l'endroit où sa sœur l'a planté.
- Mon couteau ?! Il a disparu ?!, s'inquiète-t-il. Sélénia ?! On m'a volé mon couteau !
- Bonne nouvelle ! Ça t'évitera de blesser quelqu'un !, lui rétorque sa sœur, déjà loin.
Le petit prince enrage, mais se résigne à rejoindre ses compagnons.

La grand-mère apparaît sur le perron de sa maison. Le soleil lui envoie une belle lumière, mais aucun signe d'Arthur.
Les bouteilles de lait ne sont pas là non plus. Il y a un mot à la place. Elle le ramasse et le lit :
« Chère madame, votre compte est débiteur. Nous ne sommes donc plus en mesure de vous livrer, tant que vous n'aurez pas soldé votre dû. Bien à vous. Emile Johnson. Directeur de la Davido-Milk-Corporation. »
La grand-mère laisse échapper un petit rire, comme si la signature de ce méfait ne la surprenait pas.

Résignée, elle récupère la lampe-tempête dont la bougie a entièrement fondu, et rentre chez elle.

Bétamèche arrache une nouvelle boule rouge et l'engloutit.
C'est qu'il a faim, ce petit bonhomme.
Arthur en décroche une à son tour et la regarde, un peu sceptique.
- C'est mon plat préféré !, lui précise le petit prince, la bouche pleine.
Arthur renifle la boule un peu transparente, et croque dedans.
C'est plutôt sucré, un poil acide. Ça fond sur la langue, comme une guimauve trop légère. Arthur est séduit et croque à nouveau dans la boule.
- Mmmh ! C'est bon !, avoue-t-il, la bouche pleine. C'est quoi exactement ?
- Des œufs de libellule !, lui dit Bétamèche.
Arthur se bloque, s'étrangle et recrache le tout, dégoûté.
Bétamèche rigole et se ressert.
- Venez voir !, hurle Sélénia un peu plus loin, au bout d'un chemin.
Arthur la rejoint, tout en s'essuyant de son mieux.
Bétamèche arrache une grappe et le suit.
Sélénia est au bord d'un grand canyon, creusé par la main de l'homme.
Tout le long du canal, les humains ont planté, à la verticale et par espaces réguliers, de monstrueux tuyaux à rayures blanches et rouges.
Arthur est halluciné par cette horreur... qu'il a fabriquée.
Il s'agit bien sûr de son canal d'irrigation, jalonné de pailles.
Jamais il n'aurait imaginé que cet ouvrage, vu d'en bas, puisse être aussi laid.
- Quelle horreur !, s'exclame Bétamèche. Les humains sont vraiment fous !

- C'est vrai que, vu d'ici, c'est pas très beau, concède Arthur, embarrassé.

- Quelqu'un a une idée d'à quoi ça sert ?, lance Sélénia, écœurée.

Arthur se sent obligé de fournir une explication, histoire d'atténuer le préjudice.

- C'est un système d'irrigation. Ça sert à transporter l'eau.

- De l'eau ?! Encore ?!!, s'exclame Bétamèche. Mais on va tous finir noyés, dans cette histoire !

- Je suis désolé, je ne savais pas, concède Arthur, vraiment ennuyé.

- Tu veux dire que c'est toi qui as construit cette horreur ?, s'inquiète le petit prince avec une mine de dégoût.

- Ben oui, mais c'était pour arroser les radis qui sont plantés tout le long !

- Ah ! Parce qu'en plus vous mangez ces trucs infects ?! Ils sont vraiment fous ces humains !

Sélénia est restée calme. Elle observe la construction, sans état d'âme.

- Espérons en tout cas que ton invention ne tombe pas entre les mains de M, parce que je vois d'ici l'usage qu'il pourrait en faire !

Arthur se raidit. À cause de la phrase, mais aussi à cause de ce qu'il voit, dans le dos de Sélénia.

- ... Trop tard, dit Bétamèche, qui a vu la même chose.

Sélénia se retourne et aperçoit un groupe de séides qui avancent au fond du canyon. Quelques-uns sont sur des moustiks, les autres sont à pied et coupent les pailles à ras, à coups de tronçonneuse.

Les pailles ainsi coupées tombent au sol et roulent jusqu'au ruisseau, au milieu du canyon. Les pailles suivent ensuite le cours d'eau, comme les troncs coupés qui descendent les rivières.

Nos héros se sont jetés dans un buisson et observent le manège.

- Je me demande bien ce qu'ils vont faire avec mes pailles ?!, se demande Arthur.

- Du moment qu'ils nous en débarrassent, je considère ça comme une bonne action !, répond Bétamèche.

Sélénia lui tape sur la tête.

- Réfléchis, avant de dire des âneries ! Ils savent que les Minimoys ne supportent pas l'eau et ils viennent de découvrir le moyen permettant de transporter l'eau... là où ils veulent.

Son regard s'assombrit, comme si de noires pensées lui passaient au fond des yeux.

- ... Et où crois-tu qu'ils vont acheminer l'eau ?, demande-t-elle, connaissant déjà la réponse.

Un séide coupe une nouvelle paille qui tombe dans un fracas épouvantable.

- Vers notre village !, réalise Bétamèche. Mais c'est horrible ! On va tous mourir noyés ! Tout ça à cause de l'invention d'Arthur !?

Le petit garçon se sent tellement coupable qu'il ne parvient plus à respirer. Une grosse boule lui serre le ventre.

Il se lève d'un seul coup, les yeux pleins de larmes, et s'en va vers le ruisseau.

- Où vas-tu ?, chuchote Sélénia pour ne pas être entendue des séides.

- Je vais réparer mes bêtises !, dit-il avec beaucoup de dignité. Si tu dis vrai, les séides vont acheminer les pailles jusqu'à Nécropolis. Et moi avec !

Arthur bondit hors des fourrés et se jette dans la paille fraîchement coupée.

Les séides n'ont rien vu, trop occupés à leur sale besogne.

Arthur invite de la main ses compagnons à le suivre.

- Il est vraiment fou ce garçon !, constate Bétamèche.

- Il est fou mais il a raison. Les pailles vont forcément finir dans la cité interdite... Et nous aussi !, ajoute Sélénia avant de bondir hors de sa cachette et de se jeter à son tour dans la paille.

Les séides n'ont toujours rien vu, mais leurs travaux les rapprochent régulièrement. Bétamèche soupire devant le peu de choix qui lui reste.

- Ils pourraient me demander mon avis de temps en temps, tout de même !, s'offusque-t-il avant de partir en courant pour rejoindre ses camarades.

Les séides arrivent jusqu'à la paille occupée par nos fuyards et la poussent à coups de pieds jusqu'au ruisseau.

La paille se pose sur l'eau et commence à glisser. À l'intérieur, nos trois héros tournent dans tous les sens et c'est la panique.

- J'en ai marre de ces moyens de transport ! J'ai le dos en compote, moi !, se plaint Bétamèche.

- Donne-moi tes Moufs-moufs, au lieu de râler !, lui ordonne sa sœur.

- Si c'est pour me les mettre dans la bouche, pas question !

- Donne !, lui hurle la princesse avec autorité.

Bétamèche ronchonne, mais sort les deux Moufs-moufs de son sac et les tend à sa sœur.

- On va boucher les orifices, explique Sélénia en jetant une boule de chaque côté.

- Des pastilles de flamande, vite !

Bétamèche prend sa sarbacane et y introduit une petite pastille blanche. Il souffle dans le tube en direction du Mouf-mouf qui se gonfle instantanément, se durcit et tourne au violet.

Il fait la même opération à l'autre extrémité, et la paille se retrouve isolée de l'extérieur, totalement hermétique.

Sélénia se frotte les mains.

- Comme ça, on ne risque pas de prendre l'eau !

- Et on va pouvoir voyager calmement !, ajoute Bétamèche, s'allongeant dans le creux de la paille.

Le voyage ne restera pas calme longtemps. Le petit ruisseau a rejoint un cours d'eau plus important, qui grossit à vue d'œil.

- C'est bizarre ce bruit sourd qui monte, vous ne trouvez pas ?, questionne Arthur.

Sélénia tend l'oreille. Il y a effectivement une rumeur, un fond sonore comme une vibration très basse.

- Toi qui sais tout, tu sais où il va, ce cours d'eau ?, demande Sélénia à Arthur.

- Pas exactement, mais tous les cours d'eau se rejoignent à un moment ou à un autre et finissent toujours au même endroit, c'est-à-dire...

Arthur réalise peu à peu ce qu'il est en train de dire.

- Les chutes de Satan !!, hurlent nos trois héros, d'une seule et même voix paniquée.

C'est la fin du voyage de plaisance. Les premières pailles basculent dans l'insondable chute d'eau.

- T'as toujours de bonnes idées, toi !, se plaint Sélénia auprès d'Arthur.

- Je n'avais pas pensé que...

- Eh bien, la prochaine fois, pense avant d'agir !!, hurle-t-elle. Bétamèche ?! Trouve quelque chose, il faut qu'on sorte d'ici !

- Je me dépêche ! Je me dépêche !, répond le petit prince qui vide une nouvelle fois son sac plein d'objets inutiles.

- Je ne comprends pas pourquoi vous vous affolez ?, demande Arthur. Les Moufs-moufs bloquent les deux extrémités. Il ne peut rien nous arriver ! Et puis ces chutes ne sont pas si importantes que ça !... Elles font à peine un mètre !

La paille se présente au bord de cette cataracte monstrueuse, haute de mille mètres en version Minimoy. Le tube bascule doucement et plonge dans le vide.

- Maman !!, hurlent nos trois héros, mais le bruit assourdissant des chutes couvre leurs prières.

Après un plongeon de plusieurs secondes, longues comme des minutes, la paille tombe au milieu des tourbillons d'écume. Le tube s'enfonce, ressort, roule, puis, entraîné par le courant, finit par s'éloigner vers un petit lac, beaucoup plus calme.

- Je hais les transports en commun !, se plaint Bétamèche en refaisant son sac pour la énième fois.

- Les chutes sont passées. Ça va être plus calme maintenant !, assure Arthur.

Les pailles se dispersent au milieu du lac, trop tranquille pour être honnête.

Une créature saute à pieds joints sur leur paille, comme une voiture tombée du ciel.

Grâce à la transparence de la paille, on distingue l'empreinte de ses pieds. Et vu leur forme immonde, il y a de quoi s'inquiéter.

- Qu'est-ce que c'est que ça ?, demande Bétamèche, tétanisé au fond de la paille.

- Comment veux-tu que je le sache ?!, s'énerve Sélénia.

- Taisez-vous !, chuchote Arthur. Si on est silencieux, ça passera sûrement son chemin.

Arthur a raison, pendant trois secondes. Puis une tronçonneuse monstrueuse vient trancher la paille, à ras de Sélénia qui se met à hurler.

C'est l'horreur dans le compartiment. Les éclats pètent de partout et le bruit est insupportable. La paille est amputée, à ras du petit accordéon situé à ses deux tiers.

Nos trois héros fuient à quatre pattes à l'autre bout, mais la créature a avancé d'un bond et les oblige à faire demi-tour.

Nos héros se retrouvent dans l'accordéon, au bord de l'eau, au bord de la fin.

La créature tronçonne à nouveau, à ras de l'accordéon.

Elle détache cette petite partie boudinée qui cache nos trois amis et qui semble être la seule partie qui l'intéresse.

Nos trois Minimoys sont terrorisés. Collés dans les bras les uns des autres, comme des Müls-müls.

La créature est toujours debout sur l'accordéon à rayures. On ne voit toujours que le dessous de ses pieds. Mais quelque chose a dû l'interpeller, car on distingue maintenant l'empreinte de ses genoux, puis de ses mains. Elle s'est mise à quatre pattes. Sa tête apparaît à l'envers, dans l'ouverture de la paille.

La créature a de longues nattes tressées de coquillages qui pendent dans le vide.

C'est un Koolomassaï. On dirait Bob Marley en version Minimoy.

L'homme relève ses lunettes de protection, observe un instant nos trois héros terrorisés et finit par lâcher un grand sourire qui dévoile ses belles dents blanches. Comme il a la tête en bas, son sourire est à l'envers et Arthur n'est pas sûr du signal.

« Qu'est-ce que vous faites là-dedans ? », questionne le Koolomassaï, hilare.

Sélénia hésite à répondre, surtout en voyant, au loin, un moustik s'approcher.

- Si les séides nous trouvent, on n'aura pas le plaisir de vous l'expliquer ! lui dit Sélénia sans humour.

Le Koolomassaï a compris le message.

- Un problème ?, lance le séide qui vient de stabiliser son moustik au-dessus de ce qui reste de la paille.

- Non. Rien de spécial. Je regardais juste s'il n'était pas abîmé, répond l'employé avec nonchalance.

- Il n'y a que les tubes qui nous intéressent, cette partie-là ne nous intéresse pas, dit le séide en parlant de l'accordéon.

- Ça tombe bien ! Nous, il n'y a justement que cette partie qui nous intéresse ! Comme ça, on ne risque pas de se fâcher!, ajoute le travailleur avec humour.

Mais le séide n'aime pas l'humour, d'une façon générale.

- Dépêche-toi. Le maître attend, conclut le séide, dont la patience et l'intelligence semblent limitées.
- No problemo !, lance le Koolo. Bougez pas, chuchote-t-il à Arthur, je reviendrai vous chercher !
Puis il disparaît en sautant d'une paille à l'autre.
- Dépêchez-vous, le maître attend !, hurle le Koolo à ses camarades dispersés sur les autres pailles qui flottent sur le lac. Les travailleurs accélèrent pour montrer leur bonne volonté, mais le cœur n'y est pas. Un peu comme ces chauffeurs de taxi qui ralentissent quand vous êtes pressé.
Le Koolo se sert de sa perche pour guider les longs tubes vers un autre cours d'eau. Au passage, il sépare les accordéons et les pousse vers la rive. Nos trois amis ont suivi le conseil du Koolo et n'ont pas bougé.
Une espèce de grue, faite de bois et de lianes, attrape le petit morceau de paille boudiné et le jette au milieu d'un panier immense. L'accordéon tombe au milieu d'une vingtaine d'autres, une vraie récolte.
Le panier est accroché sur le dos d'un énorme insecte. C'est un gamoul, une espèce de scarabée très résistant qui sert souvent de mule. L'animal est aussi très utilisé dans les expressions populaires telles que « aussi têtu qu'un gamoul » ou encore (et c'est ici le cas) « chargé comme un gamoul ».
- Où sommes-nous ?, s'inquiète Arthur.
- Sur le dos d'un gamoul. Pour l'instant ils nous cachent.
- Ils nous cachent pour mieux nous trahir !, lance Bétamèche. Comment peux-tu faire confiance à un Koolomassaï ! Ce sont les plus grands menteurs et baratineurs des sept terres réunies !
- S'il voulait nous trahir, il l'aurait déjà fait !, réplique Sélénia avec bon sens. Je pense qu'on va nous emmener dans un lieu sûr.

CHAPITRE 16

Une trappe métallique s'ouvre à flanc de coteau. Le gamoul se penche en arrière et s'apprête à vider le contenu de sa hotte dans un trou noir qui ressemble étrangement à une poubelle.

« C'est ça ton endroit sûr ? », lance Bétamèche, inquiet pour la suite des événements.

Les dizaines d'accordéons tombent dans le trou noir en un chaos impressionnant. On n'ose même pas imaginer dans quel état vont finir nos héros.

Les accordéons roulent sur un sol un peu sombre, et finissent par s'immobiliser. Plus rien ne bouge. Le silence revient. L'inquiétude aussi.

« Il a dit de ne pas bouger. Alors on bouge pas et on attend qu'il vienne nous chercher ! », lance Sélénia avec autorité.

Un bras automatique attrape d'un seul coup l'accordéon et le remet à la verticale, posé sur sa base. Aussitôt le morceau de paille s'éloigne sur un tapis roulant. Nos amis ne savent plus comment se tenir, tellement ils sont sans arrêt chahutés. Le bras mécanique continue son travail et aligne tous les accordéons sur le tapis qui les entraîne.

Un peu plus loin, une autre machine vient encastrer une boule lumineuse au centre de chaque accordéon, comme une couronne intérieure. Nos héros évitent de justesse de se faire « couronner » à leur tour.

L'accordéon a maintenant une lumière orangée en son milieu et l'on commence à comprendre l'utilisation qui va être faite de ces objets.

Une dernière machine attrape les morceaux de paille et les accroche sur un câble qui s'éloigne et laisse découvrir cette magnifique guirlande jalonnée de lampions à rayures.

Le câble avance toujours et vient délimiter le cercle d'une piste de danse. Il s'agit en fait d'un trente-trois tours, posé sur un vieil électrophone faisant office de bar et de dancing.

La lumière chaude des lampions donne au lieu une ambiance plus feutrée et sûrement plus propice aux rencontres. Il y a d'ailleurs de nombreuses petites tables prévues à cet effet. Vers la droite, le bras de l'électrophone, le saphir et le D.J. Vers la gauche, le bar immense est en pleine activité. La moitié des clients sont évidemment des séides de l'Armée royale.

Arthur et ses amis observent cette étrange boîte de nuit, toujours agrippés à l'intérieur de leur lampion.

« Je ne vais pas tenir longtemps comme ça », précise Arthur, épuisé.

- Tu veux vraiment descendre ?, demande Sélénia en pointant, du bout de son nez, un nouveau groupe de séides qui pénètre dans le bar.

- ... Je vais tenir encore un petit peu !, répond Arthur, après réflexion.

Le Koolomassaï arrive sur la piste de danse par une porte de service. Il est suivi par son chef, plus grand, plus costaud et coiffé de plus de dreadlocks.

Le Koolo lève le nez et observe les lampions un par un, à la recherche des fugitifs. Il sont plutôt faciles à repérer, on les voit en transparence, agrippés à la paroi dans des positions grotesques.

- C'est bon ! Vous pouvez sauter !, leur dit le Koolo en souriant.

Arthur tombe aussitôt sur la piste, tellement il n'en peut plus. Il se relève un peu embarrassé, et Sélénia lui tombe dans les bras, suivie par Bétamèche qui tombe dans ceux de sa sœur. Arthur reste une seconde comme ça, ces deux colis dans les bras, à sourire bêtement. Puis ses jambes flageolent et les trois s'écroulent à terre.

- C'est ça les trois mercenaires que les séides cherchent partout ?, demande le balaise, un peu sceptique.

- Je... Je devais être un peu stone, avoue le Koolo.

- Tu sais que c'est la racine qu'il faut fumer, pas l'arbre entier !?

- Euh... Ah bon ?, répond l'employé un peu perdu.

- Eh oui !, lui confie son chef. Allez file, je vais m'occuper d'eux !

Le Koolomassaï s'éloigne, dubitatif, tandis que nos héros se remettent sur leurs pieds. Le patron change d'un seul coup et affiche un sourire de vendeur de tapis.

- Mes amis !, lance-t-il en ouvrant les bras, toutes dents dehors. Bienvenue au JAÏMABAR-CLUB !

Une espèce de moustique rachitique vient poser quatre verres sur une table.

- Jack-fire pour tout le monde ?, lance le chef, qu'on sent habitué.

- Oh oui ! Oui ! Oui !, trépigne Bétamèche.

- Jack ? Fais péter !

Le rasta-moustik met sa trompe à quatre branches directement dans les verres de ses nouveaux clients. Un liquide rouge en sort, sous pression, ça mousse, ça fume, et ça finit par s'enflammer.

Le patron souffle sur la flamme comme on souffle sur la mousse d'une bière.

- Longue vie aux Sept Terres !, proclame-t-il en tendant son verre pour un toast.

Chacun éteint son verre et le soulève. Le patron s'enfile la dose, d'une seule traite, suivi par Sélénia et Bétamèche. Arthur, lui, n'a pas bougé. Il veut d'abord vérifier l'effet de la boisson.

- Ah ! Ça fait du bien !, lance Bétamèche.
- Ça désaltère, avoue Sélénia.
- C'est la boisson préférée de mes enfants !, précise le patron.

Les trois visages se tournent ensuite vers Arthur qui n'a toujours pas bu. On est proche de l'humiliation.

- Aux Sept Terres !, lance l'enfant, à contre-cœur.

Il s'enfile le liquide d'une seule traite. Il n'aurait pas dû. Il devient rouge, comme un Bordeaux 1912. Il vient d'avaler du piment en tartare, du whisky en sirop. C'est comme s'il avait léché un volcan. Arthur fume de partout, comme après douze heures de sauna.

- ... Effectivement, ça désaltère !, lance-t-il avec ce qui lui reste de voix.

Bétamèche tourne son doigt au fond du verre et le lèche.

- Il y a comme un petit goût de pomme !, dit-il en connaisseur.
- Il n'y a pas que de la pomme !, précise Arthur, la voix détruite.

Un groupe de séides arrive non loin. Ils scrutent un peu les alentours, comme s'ils cherchaient quelque chose ou quelqu'un. Sélénia s'inquiète et se fait toute petite.

- Ne craignez rien !, assure le patron, ce sont des recruteurs. Ils profitent de la faiblesse de certains clients pour les faire signer dans l'Armée royale. Tant que vous êtes avec moi, n'ayez pas peur.

Nos amis se décontractent légèrement.

- Comment se fait-il que les séides n'aient pas encore aliéné votre peuple comme ils l'ont fait avec tous les autres qui vivent sur les Sept Terres ?, demande Sélénia, un peu suspicieuse.

- Oh, c'est simple !, affirme le patron. On produit quatre-vingt-dix pour cent des racines à fumer et l'Armée séide ne tiendrait pas une journée sans racine ! Comme on est les seuls à pouvoir les préparer, ils nous laissent tranquilles.

Sélénia est un peu sceptique sur le business.

- Elles viennent de quel arbre vos racines ?

- Ça dépend. Tilleul, camomille, verveine... Que du naturel !, affirme-t-il avec un sourire qui laisse un peu perplexe. Vous voulez essayer ?, propose-t-il gentiment, comme un serpent qui proposerait une pomme.

- Non merci, monsieur ?...

- Mes amis m'appellent Max, répond le patron avec un sourire à trente-huit dents. Et vous ? Comment vous vous appelez ?

- Je suis Sélénia, fille de l'empereur SIFRAT DE MATRADOY, quinzième du nom, Gouverneur des Premières Terres.

- Wooa !!, lance le patron qui joue l'impressionné. Votre Altesse !, ajoute-t-il en se courbant pour un baise-main.

Sélénia retire sa main pour présenter ses compagnons.

- Lui c'est mon frère, SAÏMONO DE MATRADOY de Bétamèche. Mais vous pouvez l'appeler Béta.

Arthur a assez bu pour se présenter tout seul.

- Et moi c'est Arthur ! De chez Arthur ! Pourquoi avez-vous coupé toutes mes pailles ?, demande-t-il, aussi direct que l'alcool le lui autorise.

- C'est le business ! Les séides nous ont demandé de les nettoyer et de les guider vers la rivière noire, celle qui mène directement à Nécropolis.

À l'annonce de cette nouvelle, nos trois héros se sont redressés, pleins d'espoir.

- C'est précisément là où nous devons nous rendre ! Pouvez-vous nous aider ?, demande la princesse sans détours.

- Eh ?! Doucement Princesse ! Nécropolis c'est un aller simple !

Pourquoi voulez-vous aller dans un endroit pareil ?, interroge le patron.

- Nous devons détruire M., avant qu'il ne nous détruise, confie Sélénia.

- Rien que ça ?!, répond Max, un peu surpris.

- Rien que ça !, réplique Sélénia, sérieuse comme jamais. Max a de quoi s'inquiéter.

- Et pourquoi M. veut-il vous détruire ?, demande-t-il, curieux de nature.

- C'est une longue histoire, assure la princesse. Disons que je dois me marier dans deux jours et succéder à mon père, et M. le maudit n'est pas de cet avis. Il sait qu'une fois que je serai au pouvoir, il ne pourra plus jamais envahir notre pays. Ainsi est écrite la prophétie.

Max semble très intéressé, surtout par la première partie qui concerne le mariage.

- Et... Comment s'appelle l'heureux élu ?

- Je ne sais pas. Je ne l'ai pas encore choisi, répond la princesse, un peu hautaine.

Max sent l'opportunité de se placer et lance un sourire trop large pour être honnête. Arthur sent le manège (et l'alcool).

- Oh là ! Doucement camarade !, lui lance Arthur en le repoussant d'une main. On est en mission, là ! Et elle est pas finie la mission !

- Justement, avant de repartir, vous méritez un peu de réconfort ! Jack !? Remets- nous ça ! C'est ma tournée !, propose le patron, à la grande joie de Bétamèche.

Tandis que Jack-le-rasta s'affaire à remplir les verres, Max a filé vers le D.J., installé à côté du bras de l'électrophone.

- Easylow ?! Fais-moi tourner la boutique !, lui lance le patron, un peu pressé.

D.J. Easylow se penche aussitôt vers l'arrière de l'électrophone et réveille les deux Koolomassaï qui s'endormaient sur leur racine à fumer.

- Debout les gars ! Envoyez la sauce !, leur lance Easylow.

Les deux fumeurs se ramassent mollement et s'étirent, comme de la guimauve.

Ils s'approchent d'une énorme pile d'un volt cinq et la font rouler jusqu'au réceptacle à piles. Dès que la batterie est enclenchée, les lumières s'activent et balayent la piste. Le trente-trois tours se met doucement en marche et Easylow pousse le saphir jusqu'à la chanson de son choix. Ça sent le quart d'heure américain.

Max se penche vers Sélénia, plus dragueur que jamais.

« M'accordez-vous cette danse ? », demande-t-il, poli comme un gentleman.

Sélénia sourit, pas Arthur.

- On a beaucoup de route, Sélénia ! On devrait y aller !, lance-t-il, inquiet de la concurrence.

- Cinq minutes de détente n'ont jamais fait de mal à personne !, répond Sélénia qui accepte la proposition, autant par plaisir que pour taquiner Arthur.

Max et Sélénia rejoignent la piste de danse et démarrent un slow.

- Béta ?! Fais quelque chose ?!, peste Arthur, jaloux comme un Mül-mül.

Bétamèche, pour toute réponse, ingurgite à nouveau son Jack-fire.

- Qu'est-ce que tu veux que je fasse !?, demande-t-il en rotant comme une fusée. Elle a mille ans dans deux jours. Elle est grande maintenant !

Arthur est dépité. Bétamèche laisse traîner son regard sur le bar et aperçoit un Koolomassaï, un couteau à la ceinture.

- Mais c'est mon couteau ?!, s'exclame Bétamèche. Je vais aller lui dire deux mots à ce voleur !!

Bétamèche se lève, siffle au passage le Jack-fire de sa sœur et s'éloigne vers le bar, d'un pas décidé.
Arthur reste seul, désespéré, anéanti. Du coup, il attrape son verre et se l'envoie à son tour, histoire d'oublier un peu plus vite.

CHAPITRE 17

Max essaie de se rapprocher davantage de Sélénia qui résiste poliment, comme dans un jeu amoureux. Elle jette un œil sur Arthur dont le désarroi semble la ravir. Petit plaisir de femme.

« Vous savez, trouver un mari dans les deux jours, ça va pas être facile !, explique Max qui a lancé sa machine à baratin. Mais je peux vous dépanner, si vous voulez ?! »

- C'est gentil, mais je vais m'en sortir, répond Sélénia, amusée par le jeu.

- J'aime rendre service. C'est dans ma nature. En plus, vous tombez bien, c'est plutôt calme en ce moment : je n'ai que cinq femmes !

- Cinq femmes ? Ça doit être beaucoup de travail tout de même ?, s'inquiète Sélénia en souriant.

- Je suis un grand travailleur !, assure le patron. Je peux travailler jour et nuit, sept jours sur sept, sans jamais être fatigué !

Arthur est avachi sur sa table, son regard triste accroché à l'image de sa princesse qui danse. Avec un autre.

- ... De toutes façons, elle est trop grande pour moi !, se dit-il, découragé. Mille ans ! J'en ai que dix ! Qu'est-ce que je vais faire avec une vieille ?!

Un séide recruteur vient s'asseoir face à lui, masquant ainsi la vue sur sa princesse.

- Qu'est-ce qu'un beau gaillard comme toi fait avec un verre vide ?, lui lance le séide avec le sourire d'un chasseur qui a flairé le pigeon.

- ... Il faut bien qu'il soit vide, si on veut le remplir ?, lance Arthur, que l'alcool ramollit.

Le séide sourit. Il tient sa proie.

- Tu as de l'esprit ?! C'est bien !, complimente le séide. Je sens qu'on va bien s'entendre tous les deux !

Il tend le bras vers l'arrière, sans même se retourner.

- Jack ?! Remets-nous ça !!

Bétamèche arrive au bar et bouscule le voleur de couteau, qui s'éclabousse avec son Jack-fire.

- Eh ?! Ça va pas, non ?!, lance le Koolomassaï, énervé comme une limace.

- C'est mon couteau ! Tu me l'as volé !, s'insurge Bétamèche, hargneux comme un pitt-bull. C'est mon couteau à moi ! Je l'ai eu pour mon anniversaire !!

Le Koolomassaï tend le bras et tient l'enfant à distance.

- Eh ? Du calme, grincheux !... Et si j'avais tout simplement le même couteau que toi ?

- C'est le mien, j'en suis sûr ! Je le reconnaîtrais entre mille ! Donne-le moi !, insiste Bétamèche.

Un séide s'approche d'eux avec assurance. Ça sent le gradé.

- ... Un problème ?, demande le militaire, frimeur comme un caporal chef.

- Non ! Tout va bien !, assure le Koolomassaï, tout mielleux.

- Non ! Tout va mal !, réplique Bétamèche. Il m'a volé mon couteau !

Le voleur se met à sourire, comme s'il s'agissait d'une blague.

- C'est qu'il est joueur le simplet ! Laissez-moi vous expliquer Capitaine !

Comme pour un tour de magie, le Koolomassaï a sorti deux pétards, bien fat.

- Une petite racine ?, suggère le malin.

Le séide hésite, mais ne résiste pas longtemps. Il soulève l'avant de son casque et révèle son visage. C'est la première fois que l'on peut voir le visage d'un séide, d'habitude toujours casqué, et l'on réalise instantanément qu'on aurait pu s'en passer. La tête du séide est dégarnie, de tout. Pas de cheveux, pas de sourcils, pas d'oreilles, pas de lèvres. Le visage est presque rond et lisse, comme un caillou poli par des siècles d'érosion. Un caillou bigarré, rongé par les maladies. Les deux petits yeux rouges n'ont presque plus d'énergie, comme des yeux qui auraient vu trop de guerres. Bref, il n'est pas beau à voir. Le séide prend le cône et se le met au bec. Le Koolomassaï craque une allumette entre ses doigts, comme un bon professionnel. Le séide tire lentement une bouffée, puis lâche un sourire à faire peur.

Bétamèche s'inquiète. L'affaire ne va pas tourner en sa faveur.

Pendant ce temps, Max a gagné quelques centimètres et s'est collé davantage contre Sélénia.

« Alors ? Qu'est-ce que vous dites de ma proposition ? », lâche le patron, qui cherche à conclure son affaire.

- Elle est agréable, mais le mariage est une chose importante qu'on ne peut pas décider sur un coup de tête, répond Sélénia, aussi joueuse qu'un chat avec une souris.

- C'est pour cela que je vous propose un petit galop d'essai ! Un tour de manège, aux frais de la maison ! Vous verrez : l'essayer, c'est l'adopter.

Sélénia laisse échapper un petit rire, amusée par tant de prétention.

Elle jette un regard complice à Arthur, mais son compagnon ne la regarde plus. Il a le nez dans un contrat qu'il s'apprête à signer. Le séide recruteur lui tend son stylo. Arthur regarde le verre qu'il a dans la main, et le pétard qu'il a dans l'autre. Il décide de commencer par le verre et il avale son Jack-fire, sans même une grimace. Il pose son verre et attrape le stylo de sa main libre. Le séide lui glisse le contrat sous la plume, pour faciliter l'opération. Arthur s'apprête à signer, mais la main de Sélénia l'en empêche.

- Excusez-moi, mais... J'aimerais bien danser avec lui, une dernière fois, avant qu'il ne s'engage avec quelqu'un d'autre que moi !

Le séide n'aime pas trop ça, mais Sélénia entraîne déjà Arthur sur la piste et se serre dans ses bras.

- C'est gentil de m'accorder cette danse !, lui dit Arthur avec un sourire béat.

- Tu te rends compte de ce que tu allais signer ?, lui demande Sélénia, irritée comme jamais.

- Non. Pas vraiment, mais quelle importance !, lui répond Arthur, perdu dans l'alcool.

- C'est comme ça que tu comptes me séduire ? Tu crois vraiment que je vais me marier avec un homme qui fume, qui boit, et qui danse comme un pied ?

Arthur a besoin de quelques secondes, mais il comprend le message. Il se redresse un peu et maîtrise ses pieds qu'il ne contrôlait qu'à moitié. Sélénia finit par lâcher un sourire devant les efforts surhumains de son compagnon, qui lutte comme il peut contre l'alcool.

- C'est mieux, concède-t-elle.

Easylow regarde le couple de loin.
« Tu vas te faire piquer l'affaire par ce nain ? », demande-t-il à Max qui observe.

- ... Un peu de concurrence n'a jamais fait de mal à personne !, lance Max en souriant, pas vraiment inquiet.

Arthur refait un peu surface. La danse apparaît plus intime. Il se lance.

- Tu... Tu penses vraiment que... J'ai une chance avec toi ?
Malgré notre différence d'âge ?
Sélénia se met à rire.
- Chez nous, les années se comptent en éclosions de sélénielles,
la fleur royale, comme moi !
- Ah ?! Mais alors... J'ai quel âge ?
- À peu près mille ans. Comme moi, répond la princesse,
amusée.
Arthur bombe un peu le torse, flatté par sa soudaine matu-
rité. Ça lui donne envie de poser mille questions.
- Et... Avant, est-ce que tu étais une petite fille comme moi ?
Je veux dire : moi je suis un garçon, mais... Une petite fille
comme les autres, dans mon quartier ?
- Non. Je suis née comme ça, lui répond Sélénia, que la
question perturbe un peu. Et je n'ai jamais été au-delà des
sept terres.
Il y a du regret dans la voix de la princesse, mais elle ne
l'avouera probablement jamais.
- ... J'aimerais bien t'emmener, un jour... Dans mon monde
à moi, lui confie le petit garçon, déjà triste à l'idée de la quitter
un jour, même si c'est dans mille ans.
Sélénia est de plus en plus mal à l'aise.
- Pourquoi pas !, répond-elle, un peu dédaigneuse, comme
pour minimiser l'importance de leurs propos. Mais en
attendant, je te rappelle que nous avons une mission à finir...
Nécropolis !
Le mot résonne dans la tête d'Arthur et agit mieux qu'un
Alka-Seltzer.
Le séide recruteur a perdu son client et rejoint le bar, à la
recherche d'une nouvelle victime. Il passe devant Bétamèche,
toujours en discussion avec son voleur et son caporal chef. Le
Koolomassaï est en plein baratin, version grand tourisme.
- Et là, d'un seul coup, je trébuche sur un couteau planté

dans le sol ! Je pense tout de suite à un piège, évidemment !
Le séide ricane, de la fumée plein les poumons.

- Elle est bonne celle-là !, s'esclaffe le guerrier, sans savoir
lui-même s'il parle de la blague ou du cône qu'il a dans la
main.

Bétamèche soupire, désespéré. Il n'est pas prêt de récupérer
son couteau que le séide fait tourner entre ses doigts.

Un agent recruteur embarque joyeusement deux nouvelles
victimes, trop soûles pour lutter. Sélénia les regarde s'éloigner.
Ça lui donne des idées.

- Je pense que si l'on suit ces agents recruteurs, on va y être
en moins de deux, à Nécropolis !

Arthur est d'accord et prend la mission en main.

- T'as raison !, braille-t-il. On va y être en moins de deux !
C'est notre mission !, dit-il, emporté par un courant patrio-
tique et un reste d'alcool. Une fois là-bas, je retrouve mon
grand-père, je découvre le trésor, et pour finir je lui mets
une dérouillée qu'il n'est pas prêt d'oublier, ce maudit
Maltazard !

À l'annonce de ce nom, c'est comme si la terre s'arrêtait.
D'ailleurs, Easylow a attrapé le bord du disque et a stoppé la
musique. Une vingtaine de séides se retournent lentement
vers le futur cadavre qui a eu la riche idée de prononcer ce
nom.

La caporal chef referme son casque, qui s'enfume aussitôt car
il n'a pas pris le soin de jeter sa cigarette.

- Oups !, lâche timidement Arthur, conscient de sa bavure.

- Je ne sais pas si tu ferais un bon prince, mais en attendant,
tu es vraiment le roi des gaffes !, lui balance Sélénia avec un
regard plein de reproches.

Max commence à sourire.

- On dirait que l'ambiance va monter, se réjouit-il. Show
time !

Il envoie un signe à Easylow qui lâche le disque et met un coup de pied dans le saphir. La musique redémarre. *Il était une fois dans l'Ouest.*

Les séides se rapprochent et s'avancent lentement vers le couple qui recule. Va y avoir du grabuge dans le saloon.

- Arthur ? T'as trois secondes pour dessoûler !

- Ah ? D'accord ! Mais... Comment on fait pour dessoûler en trois secondes ?

Sélénia lui met une grande claque en pleine figure. Le genre de baffe qu'on n'aimerait pas prendre tous les jours. Arthur secoue la tête. Il a les dents qui flottent.

- ... Merci... C'est passé !

- Tant mieux !, lâche-t-elle en sortant l'épée de son fourreau.

- Et moi, je me bats avec quoi ?, s'inquiète Arthur.

- Avec des prières !

Sélénia se met en garde, tandis que le disque, qui tourne toujours, les amène à passer près de Max et son D.J.

- Eh !? Petit ?!

Le patron a sorti une épée et la jette à Arthur au passage.

- Merci monsieur !, lui répond l'enfant, tout étonné.

- Allez ! Fais-moi danser tout ça !, lance Max à son D.J., qui pousse le saphir vers d'autres sillons.

On change de film. *West Side Story.*

Arthur se met en position à côté de Sélénia, tandis que les séides se déploient afin d'encercler le couple.

Bétamèche a suivi le séide qui lui a volé son couteau et le conseille gentiment.

- Si vous appuyez sur le soixante-quinze, vous avez un sabre-laser. C'est classique, mais toujours efficace.

- Oh ? Vraiment ? Merci petit !, lui répond le séide, toujours enfumé.

Le guerrier appuie sur le soixante-quinze et une flamme monstrueuse lui crame le casque et tout ce qu'il y avait dedans, c'est-à-dire pas grand chose. Le corps du séide n'a pas bougé mais sa tête est en cendres. Bétamèche récupère son couteau qui lui est resté dans les mains.

- Mille excuses. C'est une erreur. L'inverse peut-être ? Le cinquante-sept ?

Bétamèche appuie sur le bouton cinquante-sept et le couteau libère un sabre-laser, bleu comme l'acier.

- Voilà qui est mieux !

À la vue du laser, les autres séides s'écartent et permettent à Bétamèche de rejoindre Arthur et Sélénia.

Les voilà de nouveau réunis, mais plutôt pour le pire que pour le meilleur.

Ils se mettent dos à dos, épée en avant, formant ainsi un triangle menaçant.

Soudain, les séides poussent leur fameux cri et la bagarre éclate.

Easylow met ses gants coupés, attrape le bord du disque et commence à scratcher. La bagarre est rythmée, mieux que du break-dance.

Sélénia enchaîne les passes, prouvant continuellement son adresse et son agilité. Elle a la grâce et la compétence des vrais chevaliers.

Bétamèche a une arme plus facile et fait un malheur comme au bowling.

Arthur a moins d'expérience mais il est suffisamment vif pour éviter les coups. Il tend son épée pour repousser un assaut mais le séide pulvérise son arme.

Max prend son air déçu.

- Oh ?! Pauvre garçon ! Mais qui donc lui a donné une épée d'aussi mauvaise qualité ?!, dit-il, avec une fausse compassion.

Easylow le regarde et les deux affreux se mettent à ricaner comme des ours.

Arthur court sur la piste, évitant les coups qui pleuvent de partout. Il se réfugie de l'autre côté du saphir. Les séides ne parviennent pas à attraper cette anguille qui s'échappe sans arrêt et se cognent régulièrement sur le saphir qui saute les sillons, scratchant la musique comme dans les meilleurs hip-hop.

- C'est qu'il a le rythme dans le sang, ce petit ?!, avoue le patron en connaisseur.

Trois séides se plantent devant Bétamèche, eux aussi munis de sabres-lasers.

- Trois contre un ? Vous n'avez pas honte ? Très bien, je triple la puissance !

Bétamèche appuie sur un bouton qui annule son laser et lui sort un bouquet de fleurs.

- ... Joli, non ?, dit-il, embarrassé par son erreur.

Les séides se mettent à hurler et se ruent sur le petit prince qui part en courant. Il se jette sous une table où se trouve déjà Arthur.

- Mon épée ne marche plus !, s'exclame Bétamèche en cherchant le bon bouton.

- La mienne non plus !, lui répond Arthur en exhibant le manche qui lui reste.

Un séide s'approche de la table et la tranche en deux, d'un coup de sabre-laser.

Les deux amis roulent à terre, chacun de leur côté.

- Par contre, la sienne, elle marche bien !, lâche Arthur, très inquiet de cette pression qui monte.

Bétamèche tripote nerveusement son couteau et finit par déclencher une arme. La bulinette. C'est un tuyau minuscule qui fabrique des bulles de savon. Cent à la seconde. Un nuage se forme très rapidement, pas tellement menaçant mais bien pratique pour disparaître.

Les séides perdent la trace des deux fuyards. Ça les rend fous et ils battent l'air à coups d'épée, ne dégommant que de jolies bulles multicolores.

Sélénia élimine un séide puis s'agenouille, épée au-dessus de la tête, afin de bloquer l'assaut d'un autre guerrier. Elle dégaine le couteau d'appoint que le séide porte sur le tibia et lui plante dans le pied. Le séide reste paralysé par la douleur.

- Eh ?! Attention ! Faut pas m'abîmer mon disque, là !, s'exclame le patron, contrarié.

Arthur sort à quatre pattes du nuage de bulles et tombe sur le sac à dos de Bétamèche. Il tombe aussi sur les pieds d'un séide. Le guerrier lève son épée lentement, pour mieux savourer le moment.

Arthur est perdu. Il attrape les quelques boulettes qui dépassent du sac et les jette sur les pieds du séide, au hasard. Ça peut le sauver, comme abréger ses souffrances. Dans les deux cas, il n'a rien à perdre, tout à gagner.

Les petites boules de verre se brisent aux pieds du séide qui marque un temps, trop bête pour ne pas être curieux.

Un magnifique bouquet de fleurs exotiques apparaît comme par enchantement en moins d'une seconde. Il est plus grand que le séide !

- Oh ! Des fleurs ! Comme c'est gentil !, lance le séide en joignant les mains.

Il passe devant le bouquet et avance sur Arthur qui recule sur ses genoux.

- Je les mettrai sur ta tombe !, lui dit le guerrier en brandissant son épée.

La méchanceté l'aveugle. Il ne voit donc pas, dans son dos, la gigantesque fleur qui ouvre sa bouche carnivore.

La jolie plante claque sa mâchoire sur le séide, puis prend le temps de bien mâcher. L'autre moitié du séide est restée figée et semble attendre le deuxième service.

Arthur regarde, l'air ahuri, cette fleur monstrueuse qui avale sa bouchée et rote un bon coup.

- ... À vos souhaits !, dit Arthur, un peu dégoûté.

Bétamèche appuie une nouvelle fois sur un bouton. Il faudrait que ça soit le bon. Il a trois séides autour de lui qui n'ont plus du tout envie de jouer.

Un laser à trois lames sort du couteau.

Bétamèche retrouve son sourire et il exhibe fièrement son arme. Les trois séides se regardent, puis chacun d'eux appuie sur son laser qui libère une option. Un sabre-laser à six lames tournantes. Bétamèche est pétrifié.

- C'est un nouveau modèle ?, demande-t-il poliment, prenant l'air intéressé par l'article.

Le séide qui lui fait face répond « oui » d'un signe de tête, et lui assène un violent coup de sabre qui envoie voler son arme. Le couteau s'est rétracté et glisse sur le sol avant d'être bloqué par un pied. Une botte de guerrier séide, taille quarante-huit, couverte de sang.

Easylow attrape le disque et l'arrête progressivement. La piste ralentit. Le combat s'interrompt. Le silence vient saluer son maître. Darkos. Prince des Ténèbres. Fils de Maltazard.

Nos trois héros se regroupent. Max a l'air inquiet.

Darkos a l'allure d'un séide, mais sa carrure est plus imposante et son armure nettement plus effrayante. Il est mieux armé qu'un avion de guerre et il ne doit pas exister, sur les sept terres, une arme qu'il ne possède pas. Sauf, peut-être, ce petit couteau qu'il bloque toujours sous son pied. Il se penche lentement et récupère l'objet.

- Alors, Max ? On fait des petites fêtes et on ne prévient pas les amis ?, lance Darkos comme une plaisanterie, en faisant tourner le couteau entre ses doigts.

- Rien d'officiel !, assure Max, qui sourit pour dissimuler

son malaise. C'est une petite partie improvisée, histoire de séduire la nouvelle clientèle !

- Des nouveaux ?, s'étonne faussement le séide. Laissez-moi voir ça !

Les guerriers s'écartent de chaque côté de la piste de danse et dévoilent nos trois héros, groupés comme jamais.

Au fur et à mesure qu'il avance, Darkos reconnaît la princesse. Il affiche un large sourire de satisfaction :

- Princesse Sélénia ?! Quelle bonne surprise !, lance-t-il avant de venir se planter devant elle. Que fait une personne de votre rang dans un lieu pareil, à une heure aussi tardive ?

- Nous sommes venus danser un peu, répond-elle noblement.

Darkos saisit la perche au vol.

- ... Eh bien dansons !, dit-il en claquant dans ses doigts.

Un séide met un grand coup dans le bras de l'électrophone qui vient caler le saphir sur un slow.

Darkos fait une légère révérence et propose ses bras.

- Je préfère mourir que danser avec vous, Darkos, dit Sélénia simplement, comme on appuie sur un bouton pour déclencher une bombe atomique.

Les séides s'inquiètent et s'écartent davantage. Ça fait toujours des dégâts, quand on insulte Darkos, surtout devant tout le monde. Celui-ci remonte lentement de sa révérence et affiche un sourire machiavélique.

- Vos désirs sont des ordres !, dit-il en sortant son immense épée. Tu vas danser pour l'éternité !

Darkos lève son arme, prêt à couper Sélénia en tranches.

- Et ton père ?!, s'exclame la princesse.

La bestiole arrête son bras, net. En plein air.

- Que va dire ton père, M. le maudit, quand tu vas lui annoncer que tu as tué la princesse, objet de sa convoitise ?! La seule personne qui puisse lui apporter la puissance ultime dont il rêve tant ?!

Sélénia a frappé au bon endroit. Ça trotte dans la tête du fiston.
- Tu penses qu'il te félicitera ? Ou qu'il te fera brûler à la liqueur de mort, comme il a fait brûler tous ses autres fils ?
Ça s'agite dans les rangs, limite panique. Sélénia domine son sujet et Darkos baisse doucement son arme.
- ... Tu as raison, Sélénia. Et je te remercie pour ta clairvoyance, dit-il en remettant son épée dans son fourreau. C'est vrai que morte tu n'as aucune valeur... Alors que vivante !
Il affiche le sourire de quelqu'un qui est trop fier de son idée. Mais Max a lu dans ses pensées :
- Easylow ? On va fermer !
Le D.J. a compris et il se dirige vers l'arrière de la boutique.
- Emmenez-les !, hurle d'un seul coup Darkos, et une trentaine de séides se ruent sur nos héros.
Arthur regarde la vague arriver sur lui, comme un surfer devant un raz-de- marée.
- Va falloir un miracle !, lance Arthur.
- La mort n'est rien si la cause est juste !, assure Sélénia, prête à mourir en princesse.
Elle met son épée en avant et se met à hurler, pour se donner du courage.
Elle hurle tellement fort que la lumière s'éteint. À moins que ce ne soit Easylow qui ait coupé le courant. Quoi qu'il en soit, on est dans le noir et c'est la panique. On entend des bruits de fer, de bottes, de lames, de dents qui claquent ou qui mordent.
- Ça y est ! Ils sont là ! J'en tiens un ! Lâche-moi imbécile ! Pardon chef ! Aïe ! Qui m'a mordu ?!
Voilà un extrait des dialogues qui s'échappent de ce joyeux capharnaüm, plongé dans le noir.
Max craque une allumette qui éclaire son visage hilare. Il s'allume un bon pétard, comme pour mieux savourer le

spectacle. Darkos vient se mettre dans la lumière incandescente. Il est fou de colère et la lueur rougissante n'arrange rien.

- Qu'est-ce qu'il se passe ?!, postillonne-t-il de rage.

- Il est dix heures. C'est la fermeture.

- Quoi ?! Tu fermes à dix heures maintenant ?!, s'étonne Darkos qui ne décolère pas.

- Je ne fais qu'appliquer vos consignes, mon seigneur, lui répond Max, dévoué comme un séide.

Darkos cherche ses mots, tellement il bouillonne.

- Réouverture exceptionnelle !!, hurle-t-il, à faire exploser les tympans les plus solides.

Max tire lentement une taffe.

- ...Cool, lâche-t-il calmement.

Easylow enlève la petite plaque en plastique qu'il avait glissée entre les deux piles et la lumière revient. On découvre alors le tas de séides, au centre de la piste de danse. On dirait une mêlée de rugby qui a mal tourné.

Darkos s'avance et la mêlée se défait comme elle peut.

Les derniers séides sont un peu chiffons, mais ils sont fiers d'exhiber leurs trois prisonniers, saucissonnés de la tête aux pieds.

Darkos regarde les trois prisonniers, puis fait un tour sur lui-même, comme s'il cherchait la caméra cachée. Ils ont saucissonné trois séides. Nos héros ont disparu. Ce n'est pas la caméra cachée. C'est vidéo-gag.

Max ricane dans son coin.

- Sacrée petite princesse !

Darkos va exploser, comme une Ariane au décollage.

- Retrouvez-les !!!, hurle-t-il, dans un grondement sans fin.

CHAPITRE 18

L a voix de Darkos résonne jusque dans le sous-sol, là où nos trois héros ont pris la fuite.

« Vous entendez ce cri ? C'est vraiment inhumain ! », commente Bétamèche.

- J'espère que Max et ses amis ne vont pas être punis par notre faute !, s'inquiète la princesse.

- Ne t'inquiète pas pour lui, dit Arthur. Max est un baratineur de premier ordre ! Je suis sûr qu'il s'en tirera !

Sélénia soupire. Elle n'aime pas fuir, mais Arthur a sûrement raison.

- Allez ! N'oublie pas que l'heure tourne et que nous avons une mission !, lui rappelle Arthur en la tirant largement par le bras.

Sélénia se laisse faire et nos trois héros s'éloignent.

Ils suivent pendant un bon moment cette bordure glauque et suintante qui longe un mur en béton, sans fin.

Ils arrivent à une frontière, sorte de gigantesque plaque en fonte. Sûrement un ancien regard d'égout. Sélénia se poste devant un trou, au centre, à même le sol.

Il n'est pas très grand. À peine de quoi s'y engouffrer. Les parois sont vaseuses et descendent à l'infini. C'est aussi appétissant qu'un pipe-line.

« Voilà. C'est là », dit Sélénia en avalant sa salive.

- C'est là quoi ?, répond Arthur, en espérant ne pas comprendre.

- La voie directe, en aller simple, pour Nécropolis, explique Sélénia en regardant ce trou sans fond. À partir de là commence l'inconnu. Aucun Minimoy n'est jamais revenu de cette ville de cauchemar. Alors réfléchissez bien avant de me suivre, précise la princesse.

Les trois compères se regardent en silence. Chacun repense à la formidable aventure qu'ils viennent de traverser.

Arthur boit Sélénia des yeux, comme s'il la regardait pour la dernière fois.

Sélénia retient ses larmes en se forçant à sourire. Elle aimerait tellement lui dire des mots gentils, mais cela rendrait la séparation encore plus pénible.

Arthur tend lentement sa main, au-dessus du trou.

- Mon avenir est lié au tien, Sélénia. Mon avenir est donc à tes côtés.

Un frisson court le long du dos de la princesse. Elle se jetterait bien dans ses bras, si le protocole le lui autorisait.

Elle met sa main dans celle d'Arthur.

Bétamèche met la sienne par-dessus les deux autres.

Nos trois héros scellent ainsi le pacte. Ils iront au bout ensemble, pour le meilleur et pour le pire. Ils commenceront par le pire.

- À la grâce des dieux !, lance la princesse, solennelle.

- À la grâce des dieux !, reprennent en chœur les deux garçons.

Sélénia prend une grande inspiration et plonge dans le trou gluant. Bétamèche se pince le nez et suit sa sœur, sans réfléchir. Le trou le happe à son tour.

Arthur reste un instant immobile, impressionné par ce puits qui avale les corps, comme un sable mouvant.

L'enfant prend alors une grande respiration et saute à pieds joints dans le trou.

- À nous deux, Maltazard !, hurle-t-il avant de disparaître, englouti par la nuit et la boue.

Il a une nouvelle fois prononcé le nom maudit. Espérons que cette fois, cela lui portera bonheur.

arthur parviendra-t-il à trouver le trésor qui lui permettra de sauver sa maison ?

Retrouvera-t-il son grand-père Archibald ?

Pourra-t-il sauver la terre des Minimoys ?

Affrontera-t-il Maltazard ?

Mais, plus difficile encore, avouera-t-il enfin son amour à la princesse Sélénia ?

Vous le saurez en lisant la deuxième partie des aventures d'Arthur :

arthur
et la cité interdite

"Arthur et les minimoys"
Loi n° 49 956 du 16 Juillet 1949 sur les publications destinées à la jeunesse.
Nouvelle édition
Achevé d'imprimer en décembre 2006 par Partenaire Graphique
pour le compte des éditions Intervista.
Illustration de couverture Patrice Garcia
Photo D.R.
Directrice de collection Pascale Parillaud
www. editionsintervista.com

ISBN 2-910753-22-0
Dépôt légal décembre 2006
N° édition 21/1206
N° d'impression 0611/5859